白

鲸

诗

丛

白鲸诗丛

罗羽——著

来处和去向

罗羽诗选

中国出版集团 东方出版中心

图书在版编目（CIP）数据

来处和去向：罗羽诗选 / 罗羽著. －上海：东方
出版中心, 2023.11
ISBN 978-7-5473-2283-3

Ⅰ.①来… Ⅱ.①罗… Ⅲ.①诗集－中国－当代
Ⅳ.①I227

中国国家版本馆CIP数据核字（2023）第213053号

来处和去向：罗羽诗选

著　　者　罗　羽
责任编辑　潘灵剑
装帧设计　钟　颖

出 版 人　陈义望
出版发行　东方出版中心
地　　址　上海市仙霞路345号
邮政编码　200336
电　　话　021-62417400
印 刷 者　上海盛通时代印刷有限公司

开　　本　787mm×1092mm　1/32
印　　张　8
字　　数　94千字
版　　次　2023年11月第1版
印　　次　2023年11月第1次印刷
定　　价　59.00元

自　序

　　自序是自说自话，于个人的写作而言，似也是一种必要。

　　说到诗，正像米沃什说的，"必然会谈到它特定时空环境的关系"。不管做什么样的诗人，有什么样的抱负，为谁写，怎样写，他都是扎根于自己存在状态的诗人，个人性既是他写作秘密的前置部分，也是他写作的必需。如果他的写作必然与身边人的生活和地域文化发生关系，哪怕是一种内生关系，那么他就会面临深入骨髓的困境。某种诗歌道德困境，在迫近之时构成压迫感，形同他苦难的一部分。

　　孤绝于语言。在诗人的布衣时代，只能更加地孤绝于语言。某一种语言的历史呈现为一个地方，一种地域文化，在于诗歌是问候，是发现自身奥秘的结果；在于诗人建立的诗歌人格。

　　"在春天，就让我看见春天，而不是波兰。"这是一个波兰诗人的诗句，也是一种诗歌道德。在这里，诗人或许就行走于波兰，他所看见的就是波兰的春天，这其中最为深刻的道德痛苦与杜甫的《春望》应该是相近的，就是"国破山河在，城春草木深。感时花溅泪，恨别鸟惊心"。而在"山河"的宏大里，与之平衡的是更为幽微的"烽火连三月，家书抵万金。白头搔更短，浑欲不胜簪"。

诗歌道德，或诗歌伦理，无疑会指向诗歌标准。道德困境带来道德困惑，这会让诗人从另外的向度上产生创造动力，产生语言更多的可能性。有困境就会有更多的开放性、实验性，更多的反对态度，更多的不屈服。再则，有困境，才会有希望，有改变的速度，有作为历史见证者的气量。

帕斯捷尔纳克说，时代为人而存在，而不是人为时代而存在。从这个意义上讲，也可以说，诗歌道德为诗人而存在，而不是人为诗歌道德而存在。困于诗歌道德困境，困于所过的可诅咒的日子，诗人才可能写出关于人生失败的诗歌。

诗命定要在地域文化中照料好自身。在地域文化中写作不同于地方性写作，两者之间有根本区别。在现实语境里，地方性写作常浮现在等级制社会条件下的受虐感，而在地域文化中写作则体现诗人的语言和文化自觉。我知道，自己生活在河南，是被诗歌赐福了。这里的地上水下有杜甫、白居易、李商隐的行迹，有他们的葬身之所，想到这些、看到这一切，就会自然而然地产生某种自我的暗示性。在诗歌的原乡，我是谁，我又能是谁？我要去哪里，我又能去哪里？

在现代，诗歌并未看成是与生活完全结合在一起的个人活动或社会活动，而是日渐手艺化，说到底，它是属于个人的事情。而在唐代，大多数诗人以很不相同的眼光来看待诗歌艺术：它是文人在某种场合的活动。在宇文所安看来，这种场合可以是一个事件，也可以是一种内在情感。诗歌还被认为是对于某种外于和先于诗歌世界的生活场景的反应，虽然杜甫渴求后世的名声，但他并不能坐下来，像弥尔顿和济慈写"英国史诗"那样写"伟大的中国抒情诗"。

随时代而动荡、飘零，杜甫的人和诗常在路途中。望着黎明和暮色，他是那么地害怕自己突然死在异乡的路上，他曾在《赤谷》一诗中坦言："贫病转零落，故乡不可思。常恐死道路，永为高人嗤。"惜乎，他最后还是倒在了他所不情愿的乱世的辗转中。杜甫的诗开阔而沉郁，并呈现同时代诗人所不及的个性化。在杜甫的世纪，诗歌写作需要的不是泛泛之事，如宇文所安所说，有一种场合要求激烈的个人诗，这就是贬逐的场合。这一场合选择的内容多是重要的事情：诗人的道德标准，他的怀疑，他所遭受的强烈痛苦。正是这类个人诗发展成为杜甫时代不同寻常的个人抒情诗。无论是否遭受过贬逐，以后的诗人们都承袭了贬逐诗的传统，而正是从这一传统中产生了最伟大的个人诗——杜甫晚年的诗。

还有，人们在同时代的现实和观念中穿行，对诗歌的选择，更多的还是着眼于精神价值。譬如，当八世纪的诗人从诗歌历史中寻找新的精神价值时，他们发现了陶潜。许多了不起的诗人都写过应制诗，歌功颂德从来都是汉语诗歌传统。而陶潜诗与应制诗相比很不一样，他的隐逸、酒兴，他浑然天成的自然超脱行为，现在看来，就是他的诗歌人格、诗歌道德。他是为自己写作，为第二个自我写作，所写的大部分是为了个人愉悦。他提供的是类似现代的自由诗人与个性诗人的书写模式。

说实话，作为诗人，我愿在语言里生活，在酒里生活，在隐逸中生活。但生存现实提供给诗人坚硬的答案却是，诗人只能挑选或接受有限的日常生活角色。准确地说,诗人只能决绝于自己的母语,做很少很小的事情,而不能做很多很大的事情。茨维塔耶娃说,人在世上唯一的任务就是忠于自己。真正的诗人总是自己的囚徒。她还说,诗人与时代的婚姻是强制的,是在暴虐中强行注入了爱情,将苦役当作遵命效力,是强作欢颜或对多名恋人的一再背叛。

写作是语言的现实自证。在一些河南诗人的写作中,可以说,都是被现实逼婚的,没有自觉自发的情爱。在这些诗人身上,或多或少都有徐玉诺、于赓虞、苏金伞的悲剧基因。诗歌人格、诗歌道德既有自我的坚实坚定,却又如现实一样一再地被击破碾碎。

诗是怀旧,是归属,也是另一个故我在说话。怀旧的品性让诗人怀想那些被人遗忘、抛弃、抹去,或已不在场的人与事。兰波曾这样说:"我们不在世上。"这样说,是对的,不活在世上,才会活在灵魂里。

用诚实的态度衡量诗歌,诗歌是内心的自由,是诗人的命运,也是对诗歌恩人和亲人的答谢。要说的话已说了不少,收住吧。更多的话,还是要由诗歌自身来说。

在这本集子里，我把自己的诗分为两辑：一辑是短诗，一辑是长诗。这样做，只是为了看起来简便、明了。

罗羽

2023 年 9 月 15 日

目录

第二辑 长诗

第一辑 | 短诗

这里或那时

这里或那时，清贫，作为哲学，也作为乞求
会让我们头晕，老半天也缓不过劲儿

顺手摘下墙上的辣椒，这个动作中
有另一个城市的赤裸

嘿，她有语言的腰窝，一半是白
一半在光线下逼近白

再往北看，湖水被一只猫带走
而任何东西也不能把猫的悔恨烧毁

诗歌不能活在愿望里，而幸好
我们又活在它的愿望里

对桫树的注解

这个世界乱了,我们怎么办?或许
困守在河南,找到雪艾的雨伞

却见不着它的决断。用一段树枝造一个人
听起来像谈一种妄想,似乎不可能

但又折磨了你半生。接着维特根斯坦的话说
孩子生病了,你领他看病,病是那些

有锯齿的叶缘,有的还是翅果
这个时代,不知道什么还能捆绑住身体里

的惯性,拆除法学家的居住就好像手淫一样
随时在铲车的亢奋中发生。抑扬格

的扁平,又小又圆的胚乳,都被雨水
洗掉惊恐。斯堪的纳维亚或缺了

自己声音的沙哑，这虽然看来很不错，但如果是

我们的一次行程，避开危险，就要有

恍惚那样的勇气。乡村知识分子会嚷嚷，"我的故乡

也是大家的故乡,吃长庚星的桃子,是吃寓言

的甜"。走进地铁站，没人知道我们在想什么
秘密的喜悦冲撞了一批马蜂

在左边车门下车，我们所站的地方是世界的
另一处庭院

河流中提炼银子的技艺，覆盖住早餐气味

街角边，鳄鱼果像喝着苦难酗酒的蚱蜢
姨和小姨慌乱了，我们听信了别人的说法：人
类的窗缝

都透着光亮，骑自行车的邮差来到叶卡捷琳
娜花园

那诗神两腿间垂下来的,是语言,也是病房

旧世界

是这样，欢迎你来到一个旧世界。这里
铁轨闪烁刺眼的明亮，雨中的列车驶过林荫广场

行脚僧也曾在车站的转弯处跺脚
下腭来回错动，在左右不对称的时代
吃藕节发出骨节的摩擦

我们总会把衣服反穿一次，这样做，穿衣镜
也认同。你还老看我的旧衣服
此时，这外在的外在正收集着小雪

世界观不应充任婉转的帮凶，想另一个人
有什么用？我们才是同一个人

无名指超过食指的人，身上
有柳枝气息。化妆师摩挲你头发的家乡
变化了窗内的声线，而你把我
交给你腰窝的修辞，我怎么去处理欲望中的争吵

我们把互换的俘获物,都抛给最坏的天气

不要太多的幸运,你给我一些手指外的剩余就够了

我并不比一些河南人愚蠢,只是他们

更加奴才,我把贺拉斯

抬高到今天,但他们却睁着眼睛也看不见

哭泣的日子,霾是我们肺里的工业鸣唱

在彩虹的法庭,一定要控诉它的亲戚。迂回的虚无

已变为上下移动的暴虐

我不冷静时,就盼飞雪到来

这我同意啊,不用关灯也能睡觉

或像阿赫玛托娃那样梦游,在被窝里坐到天明

还能让我忍住什么,不能忍受什么

霾的国度已像风一样静止

谁也不知道,哪些人会成为现场,正义的力量

情愿不情愿,我都相信你的判别

你开始以盛妆的形式卸下重负,而我在

动怒的语言中,还要栽上几株沉降的桑树

诗篇（二）

阿赫玛托娃年轻的时候，可以像
水鸟一样在海里游泳，那一刻，她飞动
的四肢上，就不再有俄罗斯

从波罗的海，到这里，是我们
的缓慢。或许，还有更多的沉睡
酒醒后，你会心慌，看见她
的特质，不是登岸的裸赤、半裸赤
而是轻如脚踝的语言。我们知道
这以后，她从处女变成
已婚妇女，随着苦难的增多，有了
更广阔的诗歌。诗行里，那些早晨的薄饼和花楸树
对抗着专制者的秩序

看懂我的人，很多还未出生，而你
提早看懂了我。迎合、取悦，不是我所做
的事情。占星术为杀人魔法提供了甜菜
水库边的布谷鸟成为你的修饰

从那时到这时,我知道应和谁手挽手
并平视对方的眼睛,就如同我明白
把木板锯开,察看它的纹理
即使有人把蚕蛹、猴头、粉链蛇、油炸蝎子
端上饭桌,把橄榄油的温暖放在膝头
也能发现,这是一个
在桥洞、街道、广场上饿死人、冻死人的时代
巨大荣誉的获取者,在为审查制度辩解
退职官员在扒找他者慈善的阴谋
监牢里关押着访民和良心犯,而你
不得不是它们的见证者

不曾有过,又当然有过,恐怖时期
贫困是我们的楼房,每一天:几乎是这样的
反人性的暧昧及光线,把我们送到半空
和谎言抗衡,最后受困于言词
我开始想办法,在雪里推倒自己
让受活罪的人在寒流中融化,只剩下风和风
吹那些比冰块还冷的骨头

诗是什么

我亲爱的拉金,我知道
死亡不会漏掉任何一个人

——米沃什

先是摸你的肋骨,摸那上面
饱受折磨的城市。这个时代,坏人
都忙得像跳来跳去的蟾蜍(到领事馆喝咖啡
转移财产、开会)。当暮色抱紧太阳和云
青春病发作,去伤害那些亲吻,玩笑里的风景

从你的住处到这里的电梯,有一片
荨麻地的升降。窗外,有人用弹弓射鸟
偷窥的人对着呻吟的回声窥视
这时,摸你的脚,几乎是在喝酒。眩晕后
又想起,莳萝在摇摆中粉碎,获胜的宇宙
生产了你要的避孕药,死亡
不会漏掉害上狂想症的人,处女
弓着脚在飞,找雪地里的诗人睡觉,做他

合法的妻子。"在你的膝盖上，我从来

就没有伸出过脚踝。你所有的歉意都是对的

但要是拒绝新钟表的围绕，我不说话

你就不欠奏鸣曲什么。骑上

你的腰，还能去哪里"

吮吸着你的冰凉，做个避让者

在灯光里活着，而诗也有这样的工作

握着你的脚，像是抚摸到了好诗

诗是什么？是这脚上蓝色血管和脚后跟的颜色

是你踩我时的坚实和轻盈

从此，我更有理由蔑视那些土鳖诗，那样的粗鄙物

土的不是词语，而是韵律后面的思想

脸红的时候，我找到摸你的脚

最好的方法。性爱的哲学似乎不是持久

它只是身体最后的肯定。短时的永恒让你知道

一双脚不是器官，它是气息和灵魂的肉体

听不到你脚镯的响动。脚越摸越小

但这一点儿也不影响色情的广阔

连翘

我背向这个可耻的世纪

我面对失落的爱

——布罗茨基

它们从身体的细枝上抽出早晨,伦理

不是这个春天的颂歌。还要说

我们背向时代的残忍,谁也没有发现

它们黄色乳房上的斑点

向被剥夺者的意愿点头致意

由地铁站出来,丧失

的一切,成了生长的一切

在裤子上挖洞,露出膝盖的女子

游移到打铁关。桃树顶端

的松鼠,在必要的刹那,换一下

角色,保护自由人的美貌

由此,我们想到如何去品尝被木槌

敲打成薄片的米鱼

　　　　　　用广场恐惧症

掩盖杭州的肺腑。离开烂漫的口味

在口语里停顿说话人的微笑

讲起过去,事件像幻觉,品质像抽象

分开它们中间还没盛开的,已经盛开的

　　　　　　　是我们的性情

二月的雪连接着黑夜,忘形

的是酒杯里的小宇宙

　　　　　　那个时候,老杜看到的杀鹿

　　　　　　并不全是世界的杀戮

诗是苍茫的理由,入门后,它们

　　　　　　　的翠绿睡在哪里

也都还能翻动身子。与共性相见

呐喊并不一定被偏听,在腰以下

雌的是雌的,而那些雄的,也可能是雌的

　　　　　　　　　　——给臧棣

对巴列霍的一次翻转

雪,步行,吃过的盐,茉莉花

公开性,歌舞,桑葚

房奴,水库,墓地,阴艾滋,波浪,红腹锦鸡

话语权,东亚,调羹,性工作者

国家,黄颜色,卷耳,分叉的舌头

吹口哨,现实,反对,本原

酒,互联网,拼写

榆叶梅,动乱

溃散,面子,皮革奶,日常生活,混交林

颤抖,干扰,纸鸢,牺牲品

埋藏的,隐忍,嗜血,短路的

简单,长时间,维权,葬礼协会

裸官,月光,群体,赞成的,受威胁的,洗净身
体的

菠菜的,错到魏尔伦的,旋转着的

世界的,零度以下的

转基因的,用硫黄保鲜的

平等的,遭劫难的

刘冰,灯,幻河,王之涣

施小安,风铃草,翟平,演变,杏鲍菇,和平

连翘,葵花籽,胖子,脸开裂

替换衣裳,抑郁,啊,运河,源

婚姻,邮箱,精神,前妻,明与暗

甲,水,枝状体,骚,乙

疏忽,内在时刻,孔雀胆,广场

就这样,就那样,

然而,可以了,确定的

总之,抗拒的,一刹那,怀疑,在附近

因为,外在,由于

挪,后来

是否,然后,却是,哪里

又,以前,现在

或者,一般,如同,被抓走

拆迁,尤其,那个

是,整体,广播剧,迫害,魔法,草泥马

失踪的人,埃及人,木头人,忍受的人

罪恶的人,唱红的人,被河蟹的人

利益集团里的人,穷人,诗人,盲目的人

光脚的人,告密的人,僵化的人

偷笑的人,逍遥的人

疯狂的人,跪着的人,杀人的人,利比亚人,纱布包裹的人

河南人,呼吸波德莱尔的人

萎缩的人,拿谎圆谎的人,被卡住脖子的人

词语的人,失败的人,所有活着的人

在这具躯壳中

你背后有个至暗社会,它前面
的一丛,是芬太尼的马蔺
坐在白龟湖边,抱紧吮吸着水豹子
的沁凉,你想,这就是爱了

用恸哭撼动遥远的即时性,听到
香附从你喉咙底部发出哽咽
可谁能在异乡攀上嗅透雨声的崖壁
活得像野西瓜苗那样自我

蛇信子似的无神论陷落人性,在这具
躯壳中,新朋友也都成了亡灵
清苦而有尊严,在鱼和鹅样
的秋天里,你又挨过循环长春流星的寒夜

还有与你相亲的那个旧人,在南沙河
的下午,你瞧他的装束,已是农民
他曾收割物质与德行的善恶

藿香与花椒的气息,也早遮没他诗的源流

从湛河到白河,诗是无尽的守候
时间到了,陶彭泽就会来到你右脚的窗前
生在崩散下,除了逍遥游,艺术都还没发生
街上驶过的,是装载豆粕、红薯的货车

——再给张永伟

契诃夫和他的《在流放中》

起雾了,现实的措辞是身边的河
在岸边的篝火旁,一阵水气
扶稳契诃夫的夹鼻眼镜

是这样的,哪里都是这样的,苦难
先是张开一幅地图,然后
受罪的人就开始来了。清晨飞着雪
河水哆嗦成酒徒的样子

河流也是饥饿的。梭鱼和鳟鱼
在水底下浮游,俄罗斯在水的上面

消瘦的老人,渡船工人,鞑靼人
教堂执事的儿子,还有老爷,太太
和他们的一千俄里内都找不来的好看女儿

所有苦命的人在草坡上、树林中生病、死掉
言语被夺走后,暂时活下的人

用一捧捧的雪和土掩埋他们

同类伤了,亡了,哀痛才能指证人还不是野兽
是的,卑微的一群
一直都是国家戏剧中的必要人物
谁是坏人? 什么最坏? 这也需要有回答

可以这样说,在一片被昏君统治
的土地上,还是要说话
只是要想好怎么开口。譬如
已经不知该如何忍受了
也要抑制住内心并不想要的涣散
喝酒时可以用酒就酒,酒
这道菜,是为了多一些玛丽安·摩尔,这样
诗的赞美就不会小于蔑视

谁能有着棕熊和雪的装束,活得
却更像人类? 这条河终于流向海洋,风
还在向契诃夫刮,脚前的刺蓟起伏着

———给修远,兼致邓万鹏、飞廉

一切自在的灵魂都是好玩的

小叶薄荷在菜贩的喇叭声里游动
他把布鞋摆到挫败的近处
一些嘶哑，已经昏暗，闪避着
枸桃的浅紫色在转弯时，躲过恨与银河系

活在水鸢尾的光线里，一切自在的灵魂
都是好玩的，甩开走地禽的慌乱
才能在语言里听到个人晚景

想法是严寒的礼品，在对关联性抱有企图
的地方咯咯作响，但胸腔的运气
也不是没有其他可能，蔓菁脱落于
财富悖论的清晨，颖河南里
的波浪就会淹死衰朽形式的誊录

一些老照片对他说起过去，被投了毒
的经历者，遭受的罪，多于
锅炉房周围的煤山雀

黑挖开白时带来一阵眩晕

他不再想知道那些年平安夜的事

像黯淡,反对雪对雪的折回

看了那么多,他清楚,该来的总会来

在装扮不合常理的时间、地点

所有的都成为曾经,不能为了凶恶

的意志再去仇视,把一瓶酒

埋在花园的雪堆里,惊恐与影子

一起消失,诗已走到一个道德时刻

不,这不是哀楚,这是同自己说话

还是劳作。胃积水还在咣当

芬兰女子的小雀斑,和往常遇见

的很不一样。已是深冬,写作的权利,像雪

下在玻璃窗的框上,它不是理念

是雪瞬时生出人类的语调

——给段建强

画眉嘴国王和你的遭遇

乞丐说:"这里的树林和城市都是
画眉嘴国王的。"你看到
拖拉机的非本质上落满崖沙雁
而回头的每一望里都是怨恨的年代

这又是一个有关新旧愿望
的故事。在一些场景中
一个落魄的家伙,小人物
在魔法帮助下,用谑语
打造了国王的躺椅,还用一盏灯
的光晕制出了马车

这块地也是那块地,你的一双脚
还是那人的。是,即使瞧见了,听到了
都不要相信,最日常
的,才是最危险的。巧舌头
善于讽刺花衣小丑在街上的胡闹
但"咸的水到底是眼泪还是红海"

在谁的眼里，光明即是戒律

一幢楼里的穴居人还能怎样生死

被鱼刺卡住喉咙，得找工具拔出

拿什么杯子喝酒，都不会出现幻术

有着酒骨头的身世

你的上半身是终了，下半身

是迎雨的漆黑的图书馆

除了等天空中奔出细叶百合

啥也不等的一千次，就做

一千次以上的盲人

有过小时候贫寒的日子

不会用诗讨好什么人，不会

让语言随意打滑，因为

你一直都有自己的主意

从来不敢相信，身边的人

竟是老杜。这是你明白

老杜几乎是每个人，还因为这个人

穿的破袜子，可能就是老杜的

木达岭吸取过你的液体

在河南，不再害怕什么，只需不顾羞耻地
让自己的心脏边长出枫香树的叶子

这首诗最后通向光阴的强悍
画眉嘴国王的领地是世界的世界
经过受侮辱者和风的咆哮
（近时是海洋和岛屿的自由呐喊）
他的躺椅、马车已经朽烂、坍倒

                                    ——给田雪封，兼致蓝蓝

老房子

带着你，先从这老房子说起，看上去
它有暗红的秩序，多边形，像猫眼睛
现在它是一座变形岛。热望还在里面住着
而厌倦与背离，像是有差别的措词。屋顶下
雨水早已不见河南灶神的踪影

质问、言说或与隐匿的胖子、中风者为邻
愁苦的灵魂里平躺着欧丁香。诗人
会变老，老了，要多交接平易的神秘
确认自我为车窗框内的瞪视者
夜色中的国土在颍河、湘江边流动
倾向于浩瀚的幼稚动物垂落下来

从此地到彼处，对等的是什么？"一个女人
身上有两个以上的同性，还多一个异性
这是怎么了？他曾经像盗贼那样
爱上一个人的不纯洁，偷光她
宇宙的蓝色，而今日，她又用肉身

为煮沸海水的暴虐辩白。"下雪了
运气在腰部消失,噢,是的
受了火星寡妇的诱骗,一切是多么的污秽

想象就是颤栗。瞧,警察打黑的黄昏
正被周围的喧哗淹没。这几乎是一件私事
或者说是事情最后解决的方向
在迫近的危险中,承担什么
只是虚妄,还因为,运命已把我们
的身形做成万众苦难的一部分
谁能在这里过得更好? 晚霞中的资本
和他的女儿都在哭泣。没了
日历盘,裁缝转过身,把药材商
的尸体搬到楼梯上。除了记录,再没什么
必须要做的事,也无缺憾用来弥补
什么都已发生什么也没发生

还不太相信已到了一大把年纪,手指上
的图书馆摇摆着。在长沙,在郑州的旧屋里
没有田园和想要的诗,我们
懊悔着,避让着,喝酒,一直到天明

——给韦白

和一首诗

爱爬水曲柳的人都爱酒。跳下来
从崖壁,从坠落的血液
跌进波浪,于泥沙中翻转身子
或借贝壳的眼睛窥看喑哑
的蓝色。多么好,抚摸
海水的眼泪,珍珠和她的姐妹
有自我的羞报,而一只手
撞响的却不是反讽
和珠贝在一起,就是和词语生活
与词语厮守,就有浪涛的逍遥
而当痛苦的人性沉入
一片水域的广阔,晃动起
琵琶虾的好酒,那么多的明与暗
                那么多的怯弱
都有中亚纵深地带的飞雪
和风过云杉林的呼啸声

诗篇(十九)

从弹簧门出来,到特吕弗那里,凉水下
沉默着激进的人。哪里的河流,有传奇剧

的灾难? 一排细浪推动的细节,总有
一些必须挽救的焦虑。凹陷的脸颊,平庸生活

中的来客,如悲伤一样,把我们吓坏了
很多的小聪明,让日子老了好几个月

僵尸舞在黑夜的广场扔下形式的棺木
与杂货铺的轻松交谈,我们为旧居的变形鞠躬

"空姐的双腿在飞机上脱臼。"这已不是原来
的意义,面临着相反的处境,缺席者

的乡愁,移进世界的矮小。烧饼歌种植着危房
最后
的树木,灯盏在月亮上凿洞,嘟哝一阵后

走向专制者形容的天空。一点儿都没错
"海是蓝的,天是白的,自溺者

的衬衣是红的。"我们在河南碰杯,鹰嘴豆的
脆弱

也可以是下酒菜,词语转向打击谣言,白发老人

的嫖娼,兴奋于眼睛的愉悦。真的是好笑
尿路感染像水龙头,平民的正确习惯,就是使死

的变成活的。虎皮兰吸着我们的性和骨髓
太可惜了,我们还都是贫民,立场简单得像人类

的院子。我们颤抖,身体发烧,双膝在谋杀案里
给布景一个平行的水手,而批评谈到

的几宗罪造成新的失语。或者我们说透了
或者什么也没说,识破太平洋,只需要盐的嘲
弄和憎恨

听多多朗诵,一个人返回树下,得句

栎树皮上有你的酒家,扎加耶夫斯基

摆弄酒瓶,鼻子嗅着地面

一个人,一群人

躲闪着黄蜂。你没来过这里

喝了很多酒

说出身边的一切

感官就堆满香味和栗子壳

耳朵里出发的船,没有运载听觉

迎着箩面雨,你穿过洛阳城

纸币从破烂的兜里滑出

博物馆的卷须,把它们处理成好事

河水撞向杜梨的繁殖,向下

滚动泥土。你的语言

发出颤抖和微笑

听到残缺了吗? 小块的水田搅乱舌头

灾祸被屋子圈住

坚持一下,或避开

从前的水秋千追上疲劳

在河南的质疑中抽出生活,幽暗处
吸收白居易。抱起灯光里的山羊上山
树荫为地貌找到原形
羞耻,又一次羞耻,取消窗外保险
早晨的配偶,只有一层关系。这一日不再饶舌
你从饲草架上拿起与荷兰的合约

洗脸

城外,平原上,麦子灌浆了
你看,扑打我们脸的,是赵佶的瘟疫
死亡拽住群众的衣袖,在恐惧的屋顶下
弹奏灾难的是雁柱箜篌

让我们焦虑的,不一定是小仙女
也可能是枯荷,白鹭从一头黄牛的脊背上
飞起,皮囊里的血是这一生的懊悔

泥泞拐弯后还是泥泞,田地
顺着底层的蚯蚓,攀上小叶杨的顶端
掂着酒壶,喝完窗外的暴雨
这浩渺里的沉醉,遮蔽了厌倦
青虾望着我们,想起八月炸的果实。和杀人
的哲学算账,向和平的钳制说不
那些行刺的手腕都已戴上手套

你既然是一个河南人,他人就能

把你幻化成周口、驻马店

或者是短耳鸮、月光、寻骨风

在朋友家乱说，眉毛像教诲一样轻快

腔调的缓慢因经济史的批判而幽明

铁哥的唱词越神经就越清脆

他湿透了，满嘴的孩子和格丽克

所以说，出殡的挽歌不仅仅

是我们的，从家庭的丧灵到一处炉灶

在一杯杯清晨的历史里，隐没

的儿孙的骨殖都还原为形体，读书会的受难者

依然是年轻的滑叶木通。当傍晚临近

只要转身离开汴梁的护城河，我们

就用错乱的井水洗脸

逍遥

心脏不能用亲爱的错误换来,跟陌生人
逍遥,光阴浪费了获得者的勇气

命运都是反着来的,跟她走
蟹爪兰听起来有了玫瑰的气味

"许由,巴赫金,这命啊。"拿弱者
取笑的残忍,在国家的价值上发生,而求饶

的失色却抓不住日常的隐身。细数一下
小口缸里的桃林,什么样的轮廓是旧时代的遮挡

从卡庇托林山丘出来,他就和她
接头,不摸脚,也不喝酒,与托钵僧

在冷静中看剧院被太阳晒热,那些偶然
的剧目溢出古罗马的衰亡

一位朋友说,在半岛,立法会议员的死抗
像是捣毁了蜂巢,掉下来的坚忍

和甜蜜,对等了生命受害时对身体
的逃避,否决的权力要好过对感觉的哭诉

诗是哲学的女儿,"她是失意的语言。"右手上
的水瓶像早晨一样倾斜,她的左手被热水烫伤

乡间的滴水洞让白娘子失踪,小业主
和肥皂一起鸣唱。在牡丹桥的隐匿处,芍药

的牡丹摸着锄头,盘腿坐在消耗量的外面
想哪类人吸食冰块,哪些人在软性的骚乱中哆嗦

半辈子,他仅见过两个有媚惑的女人
向龙王爷做鬼脸,瞅见白皑焕发她们的光芒

她们不会嫁人,一个还不能生育。那些
受偏爱的青胎、失神,是允诺,也是桂花城

在旋转中

"在旋转中,在青虫发声体的干扰下
我把头靠近你的耳朵,不再说话"

"欧洲女人? 在自我的殖民地,她们
不是情欲的对象,只是语言的奶酪"

"你是我的相似性。耻骨在叛变中,被风吹动
戳破图形,谁能领你进乌桕的水世界"

"这不是打量,不是拆散,也不是白菜的白
给我一把铲子吧,让我帮你铲雪"

"不用去猜测,我们的诗里一直都有他人
的生活,你跟着我到哀悼日,应带上花环"

"会过去的,以前我什么都不知道
同一种东西的两种叫法,毁掉了灰背隼的
嗓子"

"那丝袜带天使不可以是你的样子吗？有些事

不该发生，要怪只好怪酒味太醇了"

"这并不复杂，你只要晕倒一阵子，并为
清醒干杯，远在新疆田野里的棉花就会开在
你身上"

"是变戏法吗？虽然音乐你喜欢海顿
但奏鸣曲的色彩，如何跨过海洋的湿润"

"什么才是不确定，什么才是好角色？奏乐人
的袖子上，洒下什么样的灯光才能照见你"

"想想我们谈论过的，白云山的核桃
曾是'哑产品'，托住它的叶子撕裂才散发
香味"

"有空儿就动手做一个你的肉身，这一个
动荡的、低语的，可长久地放在怀里"

"就喜欢这样的，膝盖被床硌破了

38

旧日的明信片在河流转弯处追上了道路"

"把手插进你的衣兜，引来杉树枝的空气
前面的隧道投来暗影，而灌木丛中的雉鸡翎
一闪而过"

给糖的一首诗

快要饿的时候,她就吃你

皮肤上的灯光。刚下过雨,加油站

带着苏打气味,逃进桑林

在这里,那些发亮的地方,聚集着毛发。炭火

爱着印度外的郑州,被词语搬进屋里

那么多的烤羊排,摆到了床上

        盐和孜然像黑丝绒那样

顺从着跌倒。你的手臂挽起她的叫声

(听说很远的那边有了暴动的小猫,在车厢里

喝酒,起伏着柔软

舞会面具,比手掌还要炽热。从脸到她们的

腋窝

语言的形象被剃刀刮净

        紧身衣的演唱,一直传到升入

天空的监牢)

黑夜也过去了。醒来,桌上还剩着早晨润滑

的软膏

搂紧她,咬烂的舌尖儿等着头上星体的开裂

　　　　　"隐形的小斧子更像饿坏精神
的知更鸟

从身体挖出的蛋白石却不能让你用一只长笛
冶炼

我的额骨更适宜栽种,盖上草叶

长出来的独角兽可以逼退砸你车吓哭你女儿
的暴徒"

一代人的恐惧,反抗,瞬间幻化成糖的魔法术

小问题

是。刚从水磨周那个地方来，我不知
该说什么。你去想一下，列车开往蝴蝶一样
的软道理，谁会哭泣？并在下雪时
穿上薄棉袜，看她在炫舞中跌倒

挺着怀了孩子的肚子，她拿起条帚
又从平等的意义里找到无助

工人们把松树砍成桁梁，盖好房子。这时，谁
害怕
从饥饿的面容上掉下，落进
屋外那条河流的波涛中
最后冲到知更鸟的尸体旁

从没用过洗衣裳的皂荚果，有那么多
懂得、不懂得，脖颈被晒黑，她身体
的魅惑源于风信子的灵魂

要是醉话被一再说起,还喝不喝酒?要是

和身边的邪恶作斗争,诗歌

该怎么办?在这里,绿色嗅觉

已不是精液空洞的反光镜,鼻梁上

的黎明通向了那座院子里新挖的菜窖

小青蛇就是她婚姻的样子。剥开他人的生活

你还不如修一修那辆坏了很久的自行车,画

好她的像

而我走过脸谱小剧场内部的茴香、石膏线

不再讽喻,怯懦,只是多想小问题

还有那件做不到的戒酒的事

靠什么养活

一

又从柴禾垛走过,那些饥饿,一时
存于暴雪书社和泪水里

为了饥饿,可以不再爱人,为了
饥饿,能够再去爱人

二

喝酒的杯子倒过来,他已老得
不能再老。河坝上埋着父兄,下一杯酒
端给皮影戏里翻飞的灰鹤

三

她的屁股是翘的,和脸
的侧面一样,在醉里哼唱卡阴装的规则
太阳偏向了东城的芦荟

四

哪有那么多的好运气,拿刀子猛刺婆婆纳
生殖的魔法,向幸存者行鞠躬礼
被一个地方所爱,也就行了

五

用话语活着,母语的情人是他人的母语

六

海上小火车不是行驶在海上,而是慢跑在
峭壁边,窗外的太平洋乱了
小鱼跳离蔚蓝,让她想到家里曾经的杂粮

谷子地里的小火车,冒着
水蒸气,一节节的绿色在身边
过去。当她成为庭院榆树下
的徘徊时,想起了自己想说的

七

他叫上她,一起走,她就跟着走

她撩起头发的样子像苿缕

她承认,如果阴谋家的冰箱里

装着原始思维,形式上

的逃亡就是她擤鼻子的声音

八

就像语言里的鄢陵,地里为什么长满望不到边

的马齿苋、荬荬菜、灰菜、山莴苣

因为那些年埋在地下的尸骸还要靠它们养活

诗篇（四十一）

两双脚在雪里相互问候，而这时
的空气，是藏银做成的

"来呀，带点儿被追夺的日子回来。"但相像
的人脸是什么？一群人在雪地上
行走，两双脚听得见吗？飞机降落

那只小脚上的红痒是她最轻的疼痛

他吮她，她是苦的。当吮出了盐、乡土
传统，床上的集体
返回身体时，屋外，越下越深
的雪盖住了北京

两双脚小声地交谈，说起海、比目鱼、岛屿、周梦蝶

爱抚诗

> 向她们恳求爱抚是一种罪过
> 但要离开她们又超出了一个人的忍受
>
> ——曼德尔施塔姆

晨曦中的她,在深夜来了

也许她是洞箫,悬起的脆弱像是土蜜

同时代,需要一个问候,而她要开腔
还要等羊吃完自己的两顿饭

她想不到我平日都吃些什么
寄养在菜心里的青虫,愁着如何柔脆
躲在黄土崖下也会受到恫吓
过日子的价值规律像清香木的痴愚

在凉鞋还原纺织娘凉意的时候,我用
煮土豆的办法想她。什么是一切? 结痂

的创伤远在江南,所有冬笋的直立
都有伟大而猛烈的震撼

枪响,血洒在了火车站,一个生物
对一个生物的憎恨多过倦意

值得痛恨的亲人,过完了嘴唇上
的岁月。车过文庙东门口,她接受
世界强加的礼物,那刺痛她的
并不是这里月季的偶像崇拜。粟仔越
的叶舌散出蟋蟀翅膀的气味
枯槁带着诗、海伦,走近
河蚬,并磨平统治术的解救

天蝎座举起灯盏,她用肘上
的伤疤接管了自身
她说得都对。是,没错。因为
她拿到了直发垂落的花圃里的第一手材料
切花时,后腰涌出伊水的波浪

醉酒的人或河南诗学

一

他把一卷烙馍,送进地铁安检传送带上
最后出来的是醉酒的浮世

二

"低劣的唯物论法则破坏了美德。"利哈乔夫
说这话时,精神正在拧巴中,冷气流
到来,诺夫哥罗德突然昏暗
雪。雪下到郊外的渡船上

三

他是另一个利哈乔夫,或许不是。"所有的酒
喝的都是最好的自我。"摇晃着酒味
他只能攥紧河南,并用日本酒具为诗学添酒

四

他在战争中听桑树、桤树和白骨的低语
又多出来的一个他,在假共和中看冤死人母亲的控诉

俯身运蟹的物流车,他在引水槽

喝了一场酒,拿锥子戳,那些活着的面孔

有那么多的清单、监牢、醉唱

五

他向邻居讨要李子树苗。他喝凉水

害得胃痛。他越走越慢,瘢痕

的身体有桑葚的青紫

他有绿葵的肚腹。他洗药,晒药

他是他裤子上的木芙蓉

泪水开出的辛夷花在早春落下,蓬乱

的头发垂过耳朵,在捣药的烟尘中

他打开血液的窗口

他眩晕时扶住荷叶,他语言

的合法性在于:走动的布鞋脱离了他的时代

六

蘸着芥末,吃生鱼片的人,拆建着现实

受压迫的人被抛给了鸟性

鸬鹚看着他的睡眠，又把早晨带到他的咳嗽中

雪还在下，落到艾草、奶蓟、羽禾的雪橇上
穿着被雪融化的囚衣，他离开陆地的岛屿
船上的引擎像习俗那样叫着
一排波浪涌向农事诗
他鞋上的雪，混同了他的气质和脚背上的柴犬

——给飞廉

52

内外

"当爱上一个人,胸口就会
疼痛。得有多大勇气,才敢爱上?"

"她动怒,或用兴奋追踪偏好
的目标时,眼睛就会
变成紫色,而她是
黑眼睛的人。诗,内外
的爆发才是爱,诗的快意
是不屈从的动物,再多一些
抚触师的帮忙,才会有爱。"

"波普主义的许多个夜晚,都已过去,
你靠她或她们活着,这疾病般
的滋养,还有园艺中的乱时代,需要
虚耗出现,所有的哼唱
都是混沌的,不能告诉不爱诗
的人,诗是什么,
而诗人就是早都活够了,

也要仅为语言而活着。"

"诗来的时候,先有呼吸,
诗是净街槌,发生着长时间的深绿,
之所以有这样的形象,在于
有诗人的天真。那些中年诗人
的小资、中产、逸乐气味,
都凌乱于诗的本质,
你说的很对,感受力衰败了,
也就失去了在空中捉鱼的双手。"

"现在,我知道你的想法了,
这样说是否也行:声音先于语言,
是飞行的声音带动语言的自在,
你说出的生与死就是你的气质。诗人
可以有最多的怀疑,可以不怕一切,
但你却不想死在沥青的道路上,
对任何事情都不能妥协过多,
妥协太多,不是被他杀,就是自戕。"

"你说的不太准确,她的肚子上,
并没有鱼腥草,另一个她

在找她,她离她不远。在两辆
洒水车的空地上,窃花贼在跑步,
监护人是谁?这波浪上的人
是不是早就溜走了?"

"下雨了。是。下雨了。也许,
已渡过了消灭阶级的河流,
也没了黄色工会。等你回来,
是等积极,还是在等消极?"

"她要喝水,山洞里的水或雪水,
这里的食材太少,观音土的平原上,
饥饿还是榆树林的劫难,
能出产什么?又能吃些什么?"

"因为最后的日子快到了,
端暴虐饭碗的人,除了疯狂,
还更加仇恨合作的安慰,
膝上搁着长枪,最便于抓律师,
交尾酒是一种果酒,还是
白酒?可耻呀,这欲望的肉身。
受害人的证言到了结尾处,抓捕正义

的头颅,也不愿随太阳落下。"

"也许快来,或者慢一些,这都可以。
把黑暗化为暗黑色,她对于你
是唯一例外。多好的忍受啊,
和她相互缠住脖子,腿压住腿。"

牡丹园

立秋了,老杜还在吃瓜

他在帮我们吃瓜,而我们只看到

那只瓜一点儿红色的瓤子

偏一下头,从他脸颊上

的胡子望过去,我们瞧见牡丹园那边

废弃的渡槽。把自己抛出去

划出一道弧线,我们用双手

接住老杜送来的思想

采耳师给我们挖出词语与雪,摊开手掌

猛然间,眩晕就出现在一阵幽暗里

用鼻子吃掉葵花子,听一下,好像是

打开花瓣儿的牡丹离开了芍药味

老杜因为太好,才让我们看到了他的

不好。他的不好,也是宇宙

的短处,我们至今都想不出办法修补

老杜的黄胸鹀飞过立秋,我们瞅见它
胸骨中流动的温血,嘴喙
它还在眨眼,呼吸,小覆羽照亮了亚洲
并用身体的牡丹园迎住我们的灵魂

又是立秋了。想一想,说到老杜时
你还在我的外省。我是你,你可能是我们
立秋前,我睡不好时想你,爱睡眠
的我,爱着你的不睡眠。当我用窒息
爱着牡丹园的折磨,从镜子里拿出你的小说、银饰
我还爱着我们的恍惚与消散

读库切

临睡前，读了库切。他过的日子
就像南非的天空，蓝而瘦峭。枪手
在这个世界上已是目的，库切
眩晕后，讲出了身体着色后的悲哀
我同意他的一些说法，却不认同
他的另一些想法。"自己去猜，向着生长
的黄色，能猜到什么？这里，移除
兴奋源不是什么哑语，不要脸
是因为已没了脸，它是一项标准操作
就是把打死的人抢走，最后
送进亲人不许愿的火焰。"撕裂的黯淡
是多么好啊，遥远不是距离，库切
把针孔里的白色当成一个源头，宽松了自己
的较真儿。怎样说，还能怎样说
旗帜的裤头儿，就像是
从土里挖出来的，创造了软籽石榴
就只能小于呼吸或少于呼吸
在共同的年代，库切或许看到，宇宙真理

也回家叠被子去了，不一样的残忍

正追赶这个夏天旅鸟们的叫声

某个时辰，被喇叭花吵醒，只能失去

但不能离去，还能做些什么？这一切

库切告诉了自己，却没说给他人

——给张永伟

多数时候

多数时候,你不知去冲向哪块石头,在半醉中
只好坐在纳凉人的扶手椅里。来访者说
楄梓树在攻击一位演员的美貌,流动着
的愤怒回过头来,听到了血腥

看吧,那个柳条鱼的身体里已装上了砂轮
被星空照亮,拾棉花的女人捡到静脉的饰物
木瓜灰阑记消磨了煤炭市场
从米兰的寓所,能望见一处艾柯的田野

反抗的语言,变为拨弦乐器的秋天
用石灰在广场中画一个圆圈,一些电钮
的安眠药散乱成沸腾的热爱,又薄又干燥的
尘土
在泳池涟漪上扬起法官的悲声

好了,明白了,那些吃上了腌菜的外国佬
都在房顶上晾晒粮食的粗盐,哦,炭和疾病的

温和

像是球状的快活，胳膊夹起时，凡士林跳出巨蟹星座

拿劁猪刀的人燃烧成秩序的瞎子

你为创造形式而活着，乡里的烟叶炕房，早晚都散发烟斗的香味，锅炉房的水快开了，入殓师在准备你的怀疑，为什么不再哭一次？或许失败的秘密像那些河南穷苦的村庄

从馅饼和苏格兰威士忌上起身，锯木声里机构中的贪污像风中花园，循环着哀伤编故事已不是这个时代的美德，想起那个黄昏调音师害臊后，替代聋子的猫笑个不停

为什么这一处的治理能坏过所有的治理？角色混乱后

还能侮辱雨水和土地？洗洗睡吧，捉弄你的命运

也在捉弄他人，天亮时就吸口凉气，再忍一忍遇到家门口的列车，不要甩下手就登上那列长长的空洞

狡點

雀瓢是你,幽灵花是她,我们交换一下
人称,天空就要为胸痛中心翻转

水洼上,用甜菜和苦味击碎河南,被允许
或不被允许,我都要在秋分降低身体

就像是连阴雨中的驴眼、牛眼,我亲近说话以
外的人
而马眼还要上班,谚语中的轮廓被偶然的它
或它们遮没

"先不要消耗娑罗树的时间。"剥去表盘
的鬼柳叶,风向消防车吹去一阵呜咽

蝉衣也是我们的寒衣,端着碗莲,内退
这样的诗,似乎没有,但是有

早已不会诅咒。你是黄色,她有些泛绿。亲

人拿老话

　　称呼那些流亡，我们巴望着过多的狡黠不要
害了灵魂

——给蓝蓝

诗篇（二十）

省图书馆的院子里撒满了文件,地鸫
从粮票的束缚中解脱,向追悔迁徙
这在哪个年代已不重要,室内童子尿的香气

被妄想熄灭,二花狗叼着它的嘴,跑向
劳役的灰暗。受伤后,我们住在柿子的甜里
醒过来,却看不见柿树和果园

用以安眠的并不是药物,而是
眼眶中的平原,公诉人那里的生活用品
罩上一层灰土,剪刀进行曲在喇叭

的铁质中震颤,起诉书打了流亡者的脸
哭泣,成为广阔里的唯一动静。面对
被大海掀空的椅子,我们想回到

土壤的世界。有人佯装眼前的一切
都是真实的,做热糖梨的小贩被杀死

邮差闭上眼睛,记住了她掉下的袖子

彗星会在清白的时间敲打库房里的豆粕
洗手间,暗影里的墙壁,记录旁观者的肮脏
在我们收到的礼物中,除了一些害怕,还有缺憾

的变叶木。有电没电的灯泡,都不能蛊惑
动乱,菜园子的晦涩,只有吃生蚝的人在离去的时候
才会最终明白,——为了许诺及向自制面具的妥协

——给铁哥

癖好

（洗过手，他来和她说话）

"这是我说的，一只狸花猫在西湖游泳时，会涌起波浪。在弧形的四维空间里，陌生的、神秘的、颤栗的，这些淌水的用语，同时也是诗的骨架。一切都是平和的、暴烈的，才能还原那些幸存者眼眶中仓库的废墟。"

"在许多管道的后面，意外是这座房子的通风孔。我知道，运气是这个年代里不耐烦的分享，我们还在原来的圈套里。我早已接触了灯光、道具，以及人物与人物之间的亢奋与灰烬，舞台像一只口袋，或是出神的果壳，它们要装下什么？丘陵的睡意？香樟树的闪电？手指滑过流水，我才不再注意转动的戏剧感的影像。树影、旧日子，照看着灰喜鹊喳喳叫的开始。"

（又到厨房洗了一次手）

"说到癖好就要谈到失控,燕子飞过晒太阳的渔夫或枪手,什么东西能吃掉力量的代价? 你骨子里住着天蝎座的房客,我的手,想要拨动你的手。在雨果酒窖,笑着的人端来的一盘盘的果蔬,混合了我们过去香甜和柔软的经验。一起走,我脱离了自己的性情,还能去哪里生活?"

　　"招呼我的,是来自一群人所集中的慵懒与自在,闻到的所有气味都有一股清凉。束上腰后,我到楼上看云,又瞅见绿皮火车钻出了山洞。一定是这样的,人类过激的想法有不同的面孔,钻石也可以向原始的定义挑战。风吹过断桥,在腿碰雪的夜里,我们鼻子发酸,雌雄同体假设的虚无在身边发出一阵阵的哽咽。"

　　(他再去洗了洗手)

　　"世界并不是世界,或小于世界。假如太平洋隔过印度洋,反向于黑暗中的蓝与咸涩的波浪,一艘轮船横扫过台风,来到你客栈的窗前,我们对这热带气旋的预警就会越过对那些狂暴诗人气质的追踪。现在又要下雨,在车站躲雨时,我还在想你,刚发生过一段山脉的滑坡,滨海区的爆炸,物流车不受扰动,继续驶往财经的环流。告诉你一件旧事:老杜曾侧卧着身子,听到叛军到来的脚步,下床摸了摸囊袋,他幸喜于在这日的早晨花光了仅剩的银子。"

"人有时就像消防器材一样脆弱,爱与恨,都来自感受力,我们愿意竖起耳朵听远与近,是因为想看到头顶呼啸的疼痛与星体。一家山野间的茶铺,有最好的饮用。溪水在房前流动,种植和点燃的有桂花树、灯笼,而桑葚、南瓜叶被绿衣使者送到黑甜乡。即便是在这里,我们也都知道,货船,货船只有沉没才会有货船,而宇宙收集了意志的锻炼,它要在我们消失之后才肯沉没。"

诗篇(四十四)

"不要看不上、不要笑话田家

老瓦盆。"吃过盆里

的拌菜,我能接住这话,再说些

什么? 想一想,所有死去的人

都曾经活着,不酗酒了,让自己

睡在哪里,也不会挨近鸬鹚

呵,那时没有泡桐,只有可指认

的青桐。一到天亮,冷兵器的女儿

就会被刺伤。麦子扬花、灌浆后

也不再梳洗。那天,灯前跳舞的老杜,像时间

一样,又老又丑,但是,除了他

谁还能用手挖出批评的黎明

在袈裟自焚的炼狱年代,老杜

从老家的窑洞里醒来

他没有唠叨老瓦盆的事情。呵,他要为

新丧乱的雪、雨再准备一位诗人

——给郁雯

他的眼神不好

他不反对一个松散的集体。自由,一只壁虎
脱下蹼趾,从天花板上下来,梳了梳头
掐灭周围土特产的光亮

他又喝醉了。秩序的重建
要经历一个崩坍,尊重卸妆姐妹的好处

他的眼神不好。"爱死你了。"这里的喘息
与海报上的不一样,或许,只是见她
瞪大眼睛,舔着嘴唇,告诫着
别慌张。多亏了她热爱射击,不然的话
这关上门的屋里会有更多的动物,把黑夜兜
在一起

小小的臀部包裹了她的山东半岛,走吧,跑吧
拿着剪刀,剪过讥嘲的手正在变白,爬行的
欲望
比挎包中的易容术还要低

床上的现象与鱼饭,洒进了水

（他的知识是琐碎的蔷薇,这有多么好

在伊丽莎白医院,和光着膀子的庞德谈话

像与平原上的琵嘴鸭一起游泳、下蛋。转弯,
再转一次

排成多边形的长椅上,坐着美国诗人

扯着汗巾,庞德银白的胡须抗议着,有飞机掠
过上空

噪声淹没了栗鼠的咆哮和墙外的踢踏舞

庞德是阮籍吗? 只是他们的上半身有些
相像）

革命在快跑,将穿过小麦地。亲爱的胃呀

被真理充满。劈碎

河南的夏季,身体外面的一切都空了

（她肚脐上的银链,带着劳动的不幸和哀愁）

在气息和尸体工厂的烘烤里,他得握住思想
的骷髅

与飞廉、桑地在白龟湖

我们都熟悉水的敲门声,先是鞋跟
的响动,然后,被找的那人
给了我们这里的水域

在言语的肉体里,水是亲密的
还是疏远的? 放下耳朵后,杉树下
的鸡雏,望见了我们喜欢的临颍美人
还有物权法中的蜜饯、麦芽糖

水蓝得像爱着我们的老杜,像他
抱着的竹叶青,踢着的霜,头上的白雁
像他的写作,菊花,黑猿,鹤

像我们在早晨的困乏,像我们在半山
屋里的醒来。像可疑、虚弱
像潜鸟的脚趾、嘴喙,翅膀下
一刹那的灰暗。像远处的沙岛
铁皮船上偷打鱼的农民

我们还是蜗牛的时候，就想过
穿上这宽阔的水，变成别的什么
是看着、想着、喝着异乡的水，是他人
的思想，是女性，复苏了我们的灵魂

一阵鱼腥气、一股酵子的香味吹来
平日的穷忙活才被赶走
念想亲人们的吃穿、疾痛、抗争
我们在鱼码头坐到天亮

谁在水里招呼我们发疯、颤栗
手掌是水做的，还是忧愁做的？这一切
的形容都在眼睛里，拿着温度计
的蝴蝶，还要带我们飞到哪里

是我们的、不是我们的江南，早已在
这片此刻的水里。在这个被吐露
或有隐藏的省份，美是水与水
伦理关系的开始，它还造成原因的连贯
让消极的人说出诗的消极

在岸边的土杂店跺脚，在一个身世里

瞧见另一个,反对饥饿的饥饿,我们不会
得救。用软手斧砍,也砍不断感染性
的羞耻。必定是这样,活得真实
就是代价,狗从水的笼子里被放出来
罪恶就会把我们关进狗笼子的水里

我们的兄弟是时代,吵嘴时,会把酒
泼到对方怀中。我们的姐妹是
被破坏的感情,在有形的世界里,她们的疾病
是装上新乳房,穿着有悖理性的衣服

杭州已下了一场雪,肯定的语言与水
发生了间隔。我们一同猜测,郁达夫
是这里的白龟,而波浪是王映霞

理想城和雪

虽然还在被它捆绑，你正脱离

一个时代。"那一年，从弗里德里希树林出来

遇到一个熟人，对东柏林的人来说，虔诚

即便铺在镶木地板上，也有泥泞与雪

从前的事，山脊上的马，只有新轮胎才能测量

后来，停电了，孕妇在烛光里生产

再后来，许多人爬上那堵墙，两腿分开

坐在了和平上。熟人的熟人也喝完了

最后的烧酒。"闻着酒味，你的下意识抬高了酒店

周围人群吹灭栾树的灯笼，天黑下来

穿过河水还是河水，诗是退缩

无用之用裂成河的两岸

一支茉莉不能由你哼成一曲小调

差不多是所有的人

都曾走过压迫者建立的广场

就像其他地方的诗人看见了公园里的傻子

你瞅着一只孔雀变成星座

那是可以的，几乎是被允许的

申诉的话语和被压迫者,都还在这里。不要着急

天空的自由能放下苦难的声音

也就能放下飞行者解救和被解救的仪式

封口费外多得是颤栗的嘴唇,你的行走

是理想城的时间单位

下雪了,你知道是刚刚下雪

而如果这时诗不去理想城的雪里喝酒

那座大城就是一座空城

对话(三)

"这是炉火燃烧的时刻,只有打铁
才能解救锄头,或一辆机车的构件
当室内的锻炼甜蜜了肢体,亚洲病和羞耻
就会被演奏着的单簧管带走"

"你在追赶一只兔子,公共生活
的信赖,正在解体,水银灯成为野燕麦
兔女郎的田野感性掉进红酒"

"什么都没有了吗? 不,这要看
某一天的下午,你会不会被邀请到一首诗里
憔悴,十年的消失,都算不了什么
一件事情发生有它的偶发因素
最近,受反咀嚼的引导,祈雨师中
的小师,要到瑞典跳舞
因为思想不来自于诗,又没有
否定奴役的勇气,他的燕尾服
只能是低飞的燕子"

"虚构的雪就要落下,北方与你

没有距离。记住那些遗忘,水分子的时间

谢谢你对监牢世界

的想象,谢谢活着与死去

前面,跳动的是一座城市寒流到来时的旧事

它们让你劝说挨饿受冻

的人,不要为当代痛哭

要有耐力,等着白额雁最后的空气"

摇摆

"一切都像是自然生长出来的,焕发出
响亮的命运。被高跟鞋的柔和击打
缓慢地淌出汁液。还有,插入的游泳回忆
水杯的碎裂,扰乱了那个县城的早晨"

    你开门时,钥匙掰断了。半截铜片
垂在手上。过道里,炒菜的香味飘了过来
一条鱼被烧成合欢树的悲伤
你下楼买一把剪子,铰开细铁的纱网
手伸进去,才把门打开
屋里,一头蟋蟀
正用欢叫,忍受车轴木的变形

    这些天,你一直肋骨疼痛。熬夜,上网
想在关机时,看见叙利亚人推翻鸭子总统
前些天朋友回了老家,偏着脸的庄稼
造成历史塌陷,冷传统的雪
在汽车拉走一只狗冻得通红的鼻子时,融化在河流

"时代只建设你瘦肩膀以内的氛围

不用在你身上,话语的魔力很快就会消失

这一次,你没有翻弄意图里的空间

从草狐的国土诞生的女人们,都已去了

摇摆的世界,你用自己的唯一性

远送她们的生死"

嗓音

发明了诗后，你又在枯燥之地
发明自己的嗓音。请做个判断，那
呼叫而来的，是不是一棵银河系的李子树
果实掉落在灯光上，它们的酸甜
抵制了更易毁掉的生殖鸣唱

碎步也许是最准确的姿态，但它还不能
被说成是感人的形式。对着雪
和折叠起来的乳房，思乡的毛发
摇晃箔片的光环

谁是打造反讽的工匠，他是不是
被剥夺者的兄弟？在使用正当的工具时说着话
为小算术开一扇通风的窗户，筋骨
的嗷嗷声变成舌头的灵巧
或者，在树枝上骑马
一边是脐橙，一边是一列火车
七顶帽子去触摸整个晚上的阻碍

那喝酒喝得失忆的人,醒来时

你也睁开眼睛。想一想吧,长筒靴的线条

有慈善的柔和,画室里的风景

怎样通向马六甲海峡的波浪

在洗手间,脸盆抬高了低处的生活

借着流水,卸下所有妆束

在没有舞蹈的区间车上,新的忍受

替代过去的忍受,告别那些

思想的哭泣,挖出自由的源泉

哭泣短时间就有了新的泪水

弄不清是从哪里得到了连翘的手段

还吸收了蜜蜂的伤痕。就是

这样的,不再变化,你也要

站在松快的地方,把不完善的理论推出屋门

为内心腾出一个诗窝子,并相信

别人不会给你看不懂的诗

你也不会给别人什么

遗忘

喊醒他吧。他被那些面汤、水果
耽误了太多时间
再一次叫醒他吧,在舞者的哭泣中

你是唯一舞者,在树林空地,与他
有顺从的不对等。你想去的地方,只有纸灯
笼还在
那些鸟的口涎都包给了饭店。香槟酒,香槟酒
吵闹后,他把牙刷递给你

他居然很无耻地还有性欲,他把热爱现实的
情感
转移到你身上

把旧社会放在一边,在打烊的小酒馆门前走过
临睡前喝一碗水,翻完小半本的雪莱

对格调他从来就有自己的想法,这是该做的

事情

    腾出手,为你拌一盘凉菜,用忠实

    养活饥饿与无助者。下雪时

    也养活一块白磁铁里的鱼

    只能生活在此处,原谅别人的妻子,节省

    做梦时的呼吸,用平淡的口气说出那杀人的

冤情

    他把这里的惯例,看成扬起脖子的公鸡母鸡

    凉棚里住不下熊耳河,望上去

    凌霄花的秘密更像搜索引擎

    过多滋味的享用者,多么愿意把自我拌进滋味

    腰以上的凌厉,是你尝过的最新鲜的菠萝

    "我从来都是走这边。"这是他找到的好处

    有害的、不可靠的、短时的名声,让他低下头来

    他只把酒香赋予你

    一些时候,他已经分不清自己是诗的器官

还是诗过早地长在了身上。在你面前，他到底是说了些话

还是什么都没讲，或者只是诗吐出音节

也只有遗忘才记得清

一封语言的信

下了几天连阴雨,你美貌的交通,偏离枢纽

送伞的人好像不来了

我们坐下,一起看寿带鸟的河南

是的,在人群中行走,能瞧见

夏天的灰白遮住人群

请相信我的话,你的脚变小的时候

时代做着其他践踏

隔着条桌,再相互打量,那是拳头举起后的

宁静

被你偷换成火车减速时的猛烈

雨水正淋着窗外的生存法则

我们吃一盘黑枣,或是蒸槐花

能嚼出透明胶片的滋味吗? 没错,酿酒师充

溢着相框

不去酿酒,就是酗酒的师傅

最终,他像一节遏蓝菜,抱紧自己的睡眠

泥土小兽一样咬你,掠走脚趾

颍河的波浪还在血液里

你开着车,到处乱逛,吼叫一声

批判的词语闪耀成过河的母马

河水涌动,不是哪个人想看,就能看见马尾

我们的生活仅是我们的,就像我

的吞咽反射一直在你的喉咙

雨终于停了,风很凉

键盘上敲了又敲,你给你写一封语言的信

我们拥有这封信,也知道

该寄到哪里,但却从不打算寄出去

对话（二）

"初冬,雪落在良知上

所有的哀愁,都越发妖娆。针孔中的社团

此时正堕入黑暗。变天的陡峭

将要染上星点木的气味"

"欢笑是颠覆的开端,是一副脸面和听觉的

历史

在这个酒庄里,向你妥协,等于是静候

松雀鹰降临。你看见(或许在梦境),一只

与它相像的鸟,用嘴喙掀开海水

叼出一座城市。事实在用天空喝酒

把灰蓝打成碎片。菜粉蝶的锤状触角滑过

闪电

带你到惩罚柔软的集会,小蜥蜴

都在认罪,它们的尾巴逃离了税收"

"在这个地方,谁才过得逍遥? 不是你

离婚的人在发明诗。

芸豆,红薯梗,榆树叶,这些吃的

也都能呼应诗的成长。在旧轮胎的风里

闪避着痛哭的铜像,顺着

失聪人的手势,总有一些人

在离诗最远的地方死去。就是想泛滥一下,因为

她早已是一条河流。你拿腿绊她的腿

是在为恐慌找个替身。墙角的大提琴

晃动木质纤维,这时,她拽住你

和乐音一起回到泡桐,就是

回到灾难发生时找准的证据"

"对了,肖像画里有寒冷的象征

你不攻击什么,只是抵抗着,不让自己跌倒

那些站不住的,孤零于枯萎病的剧院

诗的形式就是你的立场,颤栗,醉酒,对惊悚施加影响

医院的紫藤长廊遮住玻璃的反光,诗是那里

亲爱的动物,它不停地照顾着

其他人的伤病,和你的疼痛"

蓝指甲

蓝指甲在你的蓝色中,另外的蓝色里

却看不见它们。那天下午

就在床边,电视机的声音被摁到最小,太平洋的蓝

冲刷着乌燕鸥和海豚。这时,我要说

你的蓝,不全是我的,蓝的呼啸

如早晨的港口,收缩着两只青春的睾丸

快要疯狂了,但是还没有

没有什么为血浆的流动而变蓝,更没什么

像小厨娘那样,能发现你味觉中的蓝。海浪

正在身后卷着一生的菊花,窗上的身影

高于了这个城市,疲劳

挪动了疼痛,蓝在惊讶着你的建材生意,所有利润

都像是个玩笑,关上门,朝社会的下层

投进一件乐器,贫乏的借口

又蓝成了遥远的魔怔。对你的蓝指甲

我做了想做的,又像是没做

等着下雨,性器上的小手推出一片沙滩

也许,恍惚在咖啡馆,嚼一穗

煮熟的玉米，才能受雇于命运。稍停一下
抹上指甲油，蓝指甲才能掐住
身体里的盐水。同样的想法，也能
移植到你进屋前，见到的两棵试婚的枣树身上
它们的蓝指甲，也是你眼睛里的人性

双腭
——拟巴塞尔姆一篇故事

蜡嘴鸟的光亮，让仓库
的光亮退了出去。快看，空中
有蚕砂，还有雁翎刀

她明白事情可能还要变样
窄门里的身体，只准
拿出这么多的比较政治
而他又经历了柳叶的杀伤
双腭用什么证明爱在哪里？买一个
加小茴香奶油干酪的面包圈
并不比吃馕饼更加自我
腌一条小羊腿，把它
在酱油和香槟酒中浸泡
货摊上的玛卡定时发出叫声
躲过太平洋的水浪，此岸的雪
遗失于一片雾霾

"飞去吧,疯婆子。"责任

的秘密是不要缠上官司

撮起嘴,就多了日常被禁止

的幻觉,猩猩一样的眼神

看上去毛茸茸的

戏耍、低吼,半夜里

咬住了腿的背面,打她的髋骨

也不松口,诸神帮忙

咬断了膝盖上的一根肌腱

也许,不是这样下口,只是

晴乱了吸取汁液的病床

"你不能一辈子都在咬。"瞧

这咬已让世界多了个跛子

踉跄是暗绿的,趔趄是灰蓝

"他在医院讲了什么?"啥也没说

"她的牙太好了。"下次

还怎么咬? 月亮是胸部

的凹痕,也是激情的遗产

这一次,咬伤后又醉了

他弯下腰,捡起雪上的树影

比生活还要短的颂歌

你能煮掉一个海，而我只能
走失一座水库。这是
什么时代？常春藤搁置一架梯子的黎明
又下雪了，从丝棉木回来
就到了节日。一些食物
在催眠，好过了安眠药，亚麻籽
在猫耳朵外徘徊，我吃够了我的生活

在仰泳时看见虚妄的葬礼，你送给我
的是同样的阿耳忒弥斯。抱你入
北温带的汛期，你不懂隐藏，我还能
拿你有什么办法。
我的骄傲，就是我的苦难
估摸到遭猜忌的分娩，你生下
月亮地的悲伤。当鹌鹑
的嘴喙出血，不要怀疑被
晨曦掳掠过的气息
颂歌一样的口唇滋味

在麦奶奶胡同，每一棵榆树里都住着
紫色灯光。降水就这样了
你也是雪的姐妹，带上
血泥和血布嘲讽着的广场状况
温暖的受害者回到家里
坐到扶手椅上，他打量那
迎着盾牌的女人，回避尖锐的空气
想起某一年古巴蔗糖甜味的浓烈

诗篇(二十二)

阳光照在葱上,后来,照在

蘑菇上,再后来,照在豆腐摊上,这一切

必要的理由都是偶然,就像积雪边的阴影

你听见了,也看到了,温饱

的荆条筐里装满戒酒的命令

不这样,世界就再也不能安宁下来

不是你? 怎么可能是你

肾在呼啸,集中的加害者

早准备好新的力量,逃避的人于行走中

长出尾骨,活着、忍着、晦涩着

自杀的羊角豆花被邮商运到河南的冬天

在另一只燕隼的集市,节肢动物

在水池中呼吸着恍惚

深眼窝的小青蛇纺着私有的棉花

是你在说话吗? 是的,理发师

梳理完假发,又为你缝上星星。窗外

花灯与旱船钻进山楂林,仓鼠

在雪里冻僵,做爱的罗密欧与朱丽叶

在鞭炮炸响时,停下他们的手

参加过上游的浆果宴,黄河

在远处的雪里睡着

反愿望

反愿望就是愿望,愿望

到某个时候,也可以是反愿望

还能这样说,愿望

是一件自我的事情,就像接骨木

在这里的山洞旁,是陆英

从泡桐的缝隙中

看过去,平原上的麦子

快要黄了。"你说的还是原来

的话吗?"或许

喝了酒后,就到了露山

你要是不小心,一切的回旋

都要成为自虐。山上

的白云所要的只是刺玫

而不是河堤内的银鲢

这是一处反愿望一样狭长

的地带,曾有一天

野毛猴在栗子树上

猛然摘取了他的媳妇

没我们什么事,我们
就不要管。这时还是白昼
脚是你的,喉咙是你的
愿望从山顶走过来它的太阳
你就是有再多的反愿望
也不要哭出声来

湿地

他不知道什么是双飞,却用天赋

照亮了泥地边的田鼠

他看上去是三四个人

借助野燕麦的话语

也能变回一个人

这听了让人发笑的人类的公平作为

是耶和华的,这和谐是抓在手里

的一棵雨师的和谐

一个人,如果可以是

三四个人,他的头发该有多好啊

就像阴谋外围的广场

从匕首、短枪到活摘器官

任何形式的杀害,都造成了

邪恶对罪恶的整合

他还有话要说,修改衣裤吗? 刀客是

一部连续的电影吗? 烧死自己的人

还少吗? 跪下了就能活命吗

他已没有话要说,除掉旧的眨眼
又有新的残忍对视
就连身旁的开阔带也不知道
随一个人,或三四个人
一起游荡的,会是怎样的灵魂

船只,堤堰,是远景的近景
花园口,是一片片白茅淹死的单一词语
而水浪的陡峭是双飞的栗鸢

抱住双飞的影子,他比昆虫还要衰老
苇塘溅起汽车声,一个人听到了
却从那三四个人耳后滑了过去
三四个人看见了牵牛花,一个人
却只能折断不知名植物茎秆上的球状物

当雨师是观音柳的时候,他和它
披针形的叶子,一起吐气
所有的贫乏都在迎接雨水到来
最小的丰饶也在运送鬼魂的灵柩
还要把一条河泼到社会的棕红色和他的鞋上

——给冷眼

102

带枪的逃兵

在一处吸烟室,上士领头的日子里
有带枪逃兵的苦难。看啊,僻静转向寂静
像枪口吹过风,高地在阳光下
披着罩衫和血污

(他们洗脸的形象,像猫抓住这一年和灰霾
天气)

绿萝经受了拆迁,姐姐遭到强暴,四个人
翻过山梁,打起一个人的战争

燃灯佛的哭泣,引来蘑菇街的歌唱

一个胖子与装置后面的税款

还有税务机关的尿黄色,山楂树的池塘
路上,那些散尾竹的群众

绣画又复仇的橘子,还是那么甜

出租车玻璃反着光,像子弹擦过眼角

想一想,带枪逃兵如何被抽象,家庭的血债

没有偿还,举起的手像大叶榉,迟疑着

伦理的月亮终究没能升起

现在,反对压迫者的,除了诗歌,就是北非拿
枪的士兵

坚持对虚空的赞颂,是因为无法忘掉并不虚
空的血液的广场

几天时间,逃兵就可以留起胡须

听啊,整个城市都在说

谎言的早晨,开始了追杀者的死亡

昏暗

露山向昏暗处移去,南水北调总干渠吹过来风
寒霜落到树叶的每一条叶脉,棕熊
爬上梓树。在蓖麻小巷酒馆里,喝着
忐忑酒,我回想自己的半生

为什么是这样,而不是险峻那样？这些年
带着那人的脸,穿过耳朵形的炊烟,被车辆载着
头发贴在车厢壁上,而周围像小神一样安静
算一算,和梅宛陵相比较,活在今天
在雪和恍惚里,我比他得到了更多的酒
他的酒里有水、绿色蚂蚁
但没有清酒、白兰地的羞耻;他没有喝过
海洋里的舰船、房子后面的屠杀
也没喝过饥饿、民主、蕾丝花边、过膝短裙的
忧愁

从睡眠中逃走,这是引逗了林鹨的一天
丐帮的雾霾,蔓延到拆迁的地界,流淌的血停

留在

一些事情里，县令们，有与没有的预谋，吃了
肉桂的信仰

"我会想你的，看来罪行还没有逃远
受苦者的疼痛多过了抽屉。"不要
拿走已低下去的身体，干瘦而凌空
的不会是衣裳，只能是骨架

这个冬天，越来越冷了，把驴都冻跑了
"过来，不要害怕。"哪里消失了
彩虹？哪里是清晨？哪里去钻玉米田的隧道
肩膀、脖子沾满黄蜂们的泥巴
赶赴酒场的人迷路了，端来
羊眼、小白菜、乌梅汤。这里就是终点

——给泉声

诗篇(十四)

诗和枸橘是一对夫妻,它们的
卧室就在河南。带谁走,已不是个问题
是我更为脆弱,还是你,我一点儿
也不清楚。你已不知道去喜好什么了,阿波罗
弹奏的音乐,早都不是动物园的机会
黄水仙刚刚打上木板的油彩,就像火花闪烁
老虎、犯罪率,磨碎晾干的食物
绿色的奔跑者有悲剧性的黄金市场
纳凉人与士兵一同站哨,又逃向了饥饿

这里,最小的河流也是春天的魔法
就像阴暗的室内物体与山谷中的居民有了呼应
瑟茜把自己的药水递给尤利西斯,消失
的地平线出现了苍鹭。啊,你的太阳,酸味的厨房
芥菜的头盔有了开放的轮廓。奏鸣曲
的伤感是你在海边漫步,防波堤内的波浪
将死者的遗体运回村庄

笑与笑不同,哭声却都是一样,你今日做的

明天还能做下去吗? 这条土耳其香肠裹在煎饼里

送给街上抽搐幸运的吃货

在过去的半个世纪,南裹头

的司法绽放西红柿,烈日下,盘豆镇车站

错响着黎明,福尔曼推拉他的镜头

榆树皮、独轮车、濒死的绝境,张望着一群群

妇女的眼睛。靠着北方,大雁瘫倒在田地

蚂蚱追撵着灾难,那几年,静物

丧失了时间,饥荒区遗弃的部分

也没有诗和枸橘

再后来,就是铜版画里的猩红

别人的女儿踩着滑轮,来到博物馆

她用手上的盐摸向墙上的一幅幅色彩

窗外,一段围墙上晒着清洁工的六个馒头

你不说话了,在秤砣、西瓜与倒地人的淌血之间

不是想说什么就说什么,你说五个脚趾像永久的谎言

冷血的世界,在小酒馆里最适宜谈论诗歌

这是我渴求的,那是我忘掉的

不去想团扇、挖掘机、荣誉,我尿了一泡尿

瞅着枸橘树长高,又看小了时代

杀死切或一个国家

切,尸体躺在帆布担架上,蓝色眼睛

就是他的政治,瘦削的脸庞

一直洒着微笑的泪水,栗色头发

变幻南美洲的蓄水池,并对应宗教后面的烟草

这么说也许更准确,切

不是一个过时的人物,但一定得把

他想实现的目标忘掉。不能为了穷人

而去杀死同样贫穷的士兵。历史的历史是

许多人要记住切暴力的枪支,还有那

向英雄们翘起的贝雷帽

不管是什么样的结局,面对苦难

总有理想像切一样,低下头,又抬了起头

女人啊,不爱这样的人还爱什么

可是,他又不值得世界去爱

"在这个人类最不合理的时代

我们都被痛苦征服了"

他杀掉一些玛莉或种植园主

还要杀害水井边的月光,他杀不光饥荒

因为他就是饥荒

对将军们来说,杀死切,就是

杀死一个新国家的诞生

土地上的悲悯清洗不出别的味道

他的死去,是词语的失踪

行动

气候中的雅各泰立冬了。你后悔

用了他的想法，认不出他了

你去找那些道德的来处，爱是

插入芦荻的一个片断。对襟袄的水色灰暗，

一瞬间

滚动黎明的颜色

嗰啾是鸟的叫声，它肯定不了一个国家的饲养

从西霞院水库到凤凰岛，你有两个脸型

饮用水源污染了，不能喝了

母田螺的人种学在波浪里颤抖，以一个手电

筒及其他发明

带起水环境的寓言

对词语的选择，让你失去水泵和船

泥沙的跳跃，像是燃烧

小蓟含着水泡，吐出土地被贱卖的事实

你唤醒丘陵的渡口，沼泽地里

雷阵雨给逃走的鸣禽镶上画框

"碎了什么,她不知道,或许
只要去天空坠落的地方堕胎。有罪的,即使变异
还将是有罪的。人与人组成社团,嘴唇接受意识的酒
舆论引导着飞行的梨园,在日落时下降
父亲的葬礼上,她能脱离的只有这个时代"

往水边走,绕过鱼塘、木槿、白蜡树
给你带来呼吸的里程。与甲型流感相混合
一条黄狗与水影的差别里,有三只喜鹊和它们树巢的原型
骨头中的水声,就是听到也没有用
挂上毛毯的悬梯是社会的化身

光线上的河南,低音喇叭,许多景象
都凝结到水汽上面。你的行动
就是游击那些风中菖蒲,仅仅是做一个人,不做另外的人
还有河水,在车上等你,三条相似的草鱼拉

着它

　　瓢虫的星体,叠加水面后,向你漂浮

　　　　　　　　　　　　——给邓万鹏

已是秋天

"我喜欢笑。"这里的平顶山已是秋天，听不到

耳朵下的捶打，电水煲煮着枳子

一盘斑鳜的对面是雪柜，井架在砂糖中沉陷

你还不想结账，桌上，一滴水

滴落一滴水，溶解了葫芦藤的阴影

推开椿树，"我跑进亲人的官司"

钟表里的火车开向洛阳

一切都很快，醉葫芦是酒葫芦的先知

"我赶上死者死前的暴雨"

窗外，人行道混同午后的生活，白蛾飞舞你的双手

"我的抽搐已不是疼痛。"一片杨叶

擦过额头，"我还未从死亡的结局返回"

诗篇（三）

"走，让他走。"听到这样的侮辱，你要
捂紧双耳，凶险即使搬着梯子来敲门
也不要搭理它。安心你的长夜写作
不用去为妖怪世界的秩序发愁

事实常让我们看走眼，雪揉进桑白皮，这样
戴眼镜的自我，面对的就是同辈人的死亡
没有个性是重要的吗？我差一点儿瞅见你的
银葫芦
照看好自己的韧性，就能守住灾难送来的器皿

是什么让我们张嘴却说不了话？斑鸠
在舌尖上飞行，向东的河流
都已瘫倒在发展的呼吸下，猪是草鱼们的替身
它们混合的血亲，长出了鳍，或者乳房

啃几块烧饼的诗是这样的，苦痛产生于个人
又都是人类的。应该记着，雪仅仅是时间的

引导

那些杀手,在油菜花地里都有化名
火车票代售点转运着必要的乐队

像两只猕猴那样,要抚摸得更多,在对方的毛
发中
捉住行星。海伦和貂蝉在望半空的螺旋桨
当又一个妻子来到你的早晨,——芹菜和清
水的尘世
在反抗的挣扎中,一切又回到片刻的安宁

找银匠

我正在为你找银匠,问了几个人

还没问出来。两个纪念章

可以打两只镯子。你戴在手脖上

会有核桃叶的声音

我也是那样想的,在院子里就可以看到雪

从鹅到鹅,你迈出脚步的黑色

时间给的亲人,像河南的早晨

又像衣衫裹住的仪式

吹来一阵凉风

在垂直的田地里,他们变成线绳和黄瓜

这些现在都不可信,或已过去

遇到节日,父母,姊妹,被身体的实践侵犯,血

统的解释

以油菜的鸣叫,唤醒穷苦的乌托邦

多少年,我都不能印书,但丁的阳物

扮演了杨树枝和想象的答应

我错了,就是一些人对了,我对了

就是你用虚假和现实为我买了个喜欢

笑一笑吧,元语言是偏小的小暴动

刀客,帮助了本土的莫扎特

而我只是图形的局部,某个朗诵的下午,等候
完整的结局

生活中,杜康酒不算什么,低度

也不是逃离着的佛教

立起的小鲤鱼打我的脸,窗外,喜剧的布厂街

拉上了拆迁的铁丝网

作为牺牲精神的对象,知更鸟

分裂它的本性,你所有的苦难并没有晦暗的
替身

到了最后,我要说,我曾见过一个人,也许

她仅是瘦弱的证言、秩序

(头发上的睡眠,像个印象城,银饰的思想

滑动肉体、脚链)

时代错了,她是对的

作一个手势,匠人恢复的是词语

她胸口里的神,是个双重自杀的人

不管怎样,我找到银匠后,还要在银匠里挑
选银匠

能够不能够是另一件事

我给你的,不是我想给你的

回家

多年后回家,那喝剩的半瓶酒还在桌上

灰尘跳荡,我在你的笑声里笑你

把门框和泡桐分开,窗外

年代也区别了拆迁、梳妆镜

在群体里解救个体的软弱,工厂已是远景

沿着马耳草旅行,朋友们

返回河边,小沙鳅吐出的幻象移走麦田。枇

酒啊

还是那么好喝,老鸭汤

取消餐馆转暗场时的交代

问答总是悄悄的,还有一些温度,灯光照射的

脸却变得黯淡

"一谈到诗,每一个资本家

都是一个柏拉图。"说得对呀,下雪了

伴着雪,完成的批评冻得发白,所有居民

等待一次低语。蓝帽子、煤块

燃亮球形物的侧影,对冒险的破坏

颤栗于击打停止时的检验。如果还有什么警觉

完整的一定会想起不完整的,预期

在雪里破碎,街道的拐角

暴露自焚与跳楼的人变量的真相

设定了你不是调查表上的人

那你就是俱乐部里的一句俚语,或身份不明
的丑角

律师的眼睛受到侵犯,吊打

那些被拘禁,意图虚构了你的灵魂

伦理冲突包围了相关新闻

我和你互换东北亚的昴宿星团、雪线,并延缓
它们的融化

而另一个自我肯定:十九世纪

是一棵樱桃树,移栽到二十一世纪,

也还要在成长中喧哗

偏差是一首诗的咽喉地带,旧的生活中气候
变化

让我远离你的另一次运动

滚雪球,又发现积雪和流水的漫坡

早醒的老鼠,撤出物流仓库后吱吱地叫唤

你去的地方,将有一个盛大的空间

晚报大厦把丁香的依附性引入画面

到时候了,不是定格到时候了,词语都避开了

轻和重

　　行为的物理痕迹，就像马吃剩下的草料

　　"语言是对现实的爱。"对呀，这就像鹛鹛

　　即使看到了，我也不好理解

　　鹛鹛在雪里的转向

　　或许，它尖喙的顶端就是你的想法，有别于河
水埋住一半的嬉戏

　　却容易找到对语言的爱

　　寒冷的瞬间，回旋家里的一年，就这样过去了

　　和我一样，你敲了敲河岸护栏

　　雪下得更猛了，结冰的桥面

　　又落了厚厚的一层

玩水

仰望，就是抬头看天。雾霾后，这里
下着一场小雪，牵着手，请跟上我的消极

专权者黑到了深夜，我只有
把怯懦送给河流的鱼群

"原来你也在，说出来吧，我在仿写辛波斯卡
比如，和你的睡眠是一种需要，但却不能
你正坐在去东南亚的机舱里，像是焦急飞行着人生
嘿，多么及时，就在这一刻
我又看到莎伦在摸索前婚的喜酒"

和父亲是生人，也是熟人，而他
对时代的躲闪，像一次杀猪场的教育
日常的日常性，湿透女儿的玩水

露宿者的灵魂也是雪
喜鹊的胸腔装下世界最小的床

再过些时,你就要乘坐地铁

向上,一层层的泥土松软着高架桥

桥下,发生罪恶的地方围上铁栅栏,摆满绿色植物

邮政车驶过,朝两边推开悦耳的丧失

只有雪,为你的脸颊留下了声音

清醒

每次喝酒，都处在某种罪感中
自责，甚至捶头
后悔于最后的清醒。醉鬼
的正确，全依赖时代的错误
找到黑暗的准则

需要一只跛脚的兽类
不，是一个人类
下到矿坑的积水里去看星星
而这是应该的，你终于
和踉跄的命运握手
也证实了一把锁要是能锁紧谎言
比裹住对节草的冬天还要艰难
荒凉的印花布上，总有晚熟的芸豆
眼角噙着泪水的姐妹
只能躲进礼节、习俗
她们每一次的脸色发白
都会遇到植物学的喝彩，而倒下来

却渺小、单薄、聋哑,就像

桑叶上喝醉的丝蚕

带着野鱼卵回家,是站在了

抵抗的这一边

谈论小暴君的死亡,不能不拗断

与小暴君的口音混搭

权力用它的饥饿喂一片水域上的候鸟

欧李的平面镜,映射

北方间谍的晦暗形式

熟悉虚无吗? 当然啦。绕开

胡塞尔,活着的人

在这里等同于另外的死者

现象和本质,终究

要受到杂货铺老伙计的委托

买回两三件草狐的离合器

你知道,歌声涂红后,投机分子

对每一个晃悠酒醉的灵魂

都抬高墙外的墙。曾经的骷髅架重现

算清了一笔债,却得不到偿还

个人生活正向人类共同的世界过渡

是的,这好像什么

也没有发生,但一切的事又都发生了

世界的香气

半夜醒来,额头上方的听觉里
有个声音响了一下。就像是一个玻璃弹子
掉进了杯子
窗外,苹果园的睡眠向上仰望
一阵黑暗又围住了诗歌

需要一阵哭声,转身看,瓶里的酒不就是谎言吗
而诗歌并不体现进化论
那个女人身上的狐骚其实就是世界的香气

托生

多数时候,你都在为语言发愁

而且,你说,下辈子一定要托生成其他情节
死活也不做人了。不再被虚空迷惑,酒精的麻醉
变成秩序的合唱

河南某地,你一生只在这一个方位上呼吸
让春尺蠖乱转悠吧,磨来磨去,它们
就剩下铁锈了。词语,给你一个时间,一个地点
再给你一棵,或几棵檍树

已经太久了,就像诳骗和恐怖的转换
栖身于血污,总有太阳照看的面食
也有黄眉鸫乞求的离合诗
当房奴们只能住在他们媳妇的腰上
你的手艺游戏到新的国度

对的,下一次托生成一阵风。或黑暗中的音乐

在徐玉诺纪念馆

相类似的一些话,像几株申诉的辛夷
哪些话绿了,哪些话在树枝间
恢复他吸一袋烟的形象,没人能肯定
或者,他冬天的冰雪都是睡着的,不幸

来自血管中的纬度。椒园推动白云
成为险情,土匪飘到屋角,像蜘蛛
结网,逮住妇女。运送柞蚕的沙河惊骇
他逃出自己,爱上奇迹的人死了

列车北上,车厢浮荡狐臭,车轮滚动
少一个圆环。忍受税收,村庄的病态
被四周的鹌鹑啄食,远远望去
反自然的气息是咯嗒咯嗒响的凄凉

提篮里的枇杷,颠簸到其他悬果组织
同等的白天,不为突破封锁作准备
窗临虚弱的地点,忘不了的是

行程相连的事实,它们始终被照看着

用人力车拉到向南的坡地。所不应该
错过的是什么? 他撑开油纸伞
伞骨折断,深切的怀念并没有建立起来
那年,他的痛哭被放回家乡

诺玛·简

诺玛·简,尘世中有没有?诺玛·简
啤酒喝了吗?游泳池清理了吗
结实的乳房,吹来春天的凉风,手能托住吗
她的一生,轻于尘世,诺玛·简

风车在转,诺玛·简,母亲倾心于爱
吃甜食,与人接吻,不喝盐水
无法取悦婚姻逻辑,精神陷进黑夜
孕育在贫寒的社区,呼吸新鲜空气,诺玛·简

公路旁的大海,似乎难以见到蓝色
有谁拿着苹果,用勺子挖肉,撵着她喂,诺玛·简
飞机无线电厂,堆起降落伞,应付战争
她成长,越来越挺拔,像峭壁,诺玛·简

南北气候带上,诺玛·简,绿萝缠身
懒散,诺玛·简,睡莲滚动着金丝,诺玛·简
回头远望,影子的城市,泛起光芒

愿望的另一端,阅读卡明斯,诺玛·简

美,滑到她的边缘,痴情,诺玛·简
戏剧性,河流,在腰以下,永不复返
躲到小于鹧鸪的农场,隐瞒着惊恐,诺玛·简
乐观,不清白,开阔,一如长桥,诺玛·简

雪山上的栾树树冠,松动了
摄影机里,胶片,容颜不轻佻,诺玛·简
安宁有了可能,哀求,小声地叫,啜泣
放弃药物,邪恶不肯绕行,退却,诺玛·简

诺玛·简,性感,悲伤,诺玛·简
诺玛·简,长穗形的宝石耳坠碎落,诺玛·简

佛法僧

在疏林地带,矿物
完成解散,偷偷采矿的人坠落
他们的佛法僧叫醒雪山

你的时代和我的不一样
俯瞰下方的伦理
房产填埋沟渠,凹处的树叶最后飘到高地
邮箱里的石榴更加酸甜
石河子东边,洪水淹没卡车

蓝胸佛法僧修整颤动的树枝
从一个小热度听到广阔
我不歪曲你的酒,你调凉粉的手
这时正拿着黄瓜

还有带皮花生、炒红薯泥、羊腰子、驴板肠
生活在灯里等候另一些鸟
你的内耗,偿还不了下滑的草滩

不相信黑三角的湿润

地貌就不再起伏

与你合作,揪掉羽毛不算什么

我有好暗算送给你

天阴了,你和佛法僧去变化沙丘

泡桐

让我说服泡桐,生下一只
狐狸。它的皮毛从深黄过渡到浅黑
不用点燃蜡烛,也能反射光亮。一个
艰难的磨具厂在狐狸附近,工人们的劳动
使泡桐复原为泡桐。满树的粉红开放
工厂在某个夜间倒闭,速度
超过狐狸奔跑

形容词"凄美的",已发育成压力
"狡猾的,"疲惫成阴天气候。我背诵
翠鸟,下弦月,木槿。流泪
削瘦的人重新穿上衣裳
遗弃他的墨水
留居郑州,妻子失去会计职业
我的脑血管里放进草籽,长出一株
泽泻。直立的茎秆隐于叶丛。伞形花序
瘦果是倒卵状,和水底的球茎隔开
一层夏天。椿象,器官,生殖好像不是昆虫的

放在我身上，也那么小。我对
来临的灾难总有很少预感，须发
渐渐斑白，却不是它的一部分
接受水晶荣誉，我只能在
一串儿糖葫芦的甜度后面

房屋中介所，在开发的混凝土中，像一座
中医骨伤病医院。菖蒲在旁边扎下根
思想在这个冬天的雪中，有泡桐
但摒弃了狐狸。泡桐光秃秃的树干
与雪一起，伸出灯外

平顶山矿区
——仿布罗茨基《贝尔法斯特曲调》

剑麻曾是这里的一个主题。白色花
刺杀她,她决意离婚,肚子里的孩子
姓自己的姓。当缝纫店的灯芯绒
垂直时,她开始流淌湛河的平静

她有限香气的瘦,像她立冬后的身材
煤烟继续搜索矿区,所有小煤窑
附近,铺着一层霜。她挖掘韭菜的厚度
打碎青春的饺子,做了地层下爆炸的朋友

啊,这里国有的云块多于塌陷区的池塘
死亡是财富的一件旧衬衣。所以
她才把上半身也保护好,新来的爱
受到麻雀责难,它们的眼睛早已变成原煤

狭长的地带,许多人在受屈辱的过程中
证据便销毁了。抹干脸上的泪水,她

困如人质。在家里剪纸,她只有私人记录

离开矸石的小酒馆,接着就要看下雪

唤醒梦游人

我进出旧书店
找那些带插图的书
敲击着书脊,总是想到你
我想到你不再吹箫
在水池里洗菜
水和菠菜的响声,传送到河岸
我看你的腕骨翻转
像是燕隼追灌木上的昆虫
平原上黄昏来临
你送女儿返回学校

医院里,我和医生倾心交谈
避开尘世和青蛙的空气
他引我到疾病最深处
那里发生什么事情
我嗅到什么
已经忘记
你的身体潜进病房

我胸腔疼痛起来

霎时，药盒碰碎了

一束翻过椿树的日光

对于以后的事

你懂得用内心去理解

车轮滚动，你穿越南方

亚热带渐渐替换暖温带

南中国海像匹缎子

增加你容颜的明朗

在这个年代，你靠近

曾远离你的一种命运

爱上它的承担者

我清楚你的勇气从何而来

除了灵魂安宁

除了裙衣、桌椅和饱满的粮食

一些人什么都不想要

你点起炉火

灵感从睡眠溢出

你送女儿到操场

这已是郊外

飞蓬生长的地方,瘦果

连同刺毛穴居于沟渠

你把手伸向女儿

一只玉镯碰到她的脸

我几乎是在同一时刻

听到一副面具在医院说话

那其实是另一个人

站在一道土坡上

唤醒梦游人

四月七日，去开封见占春、开愚、恪，饮酒，谈论消极性

稠叶李是飞鱼，而一片水的前面
是我们的住宿。稍晚一些时候，云
遮住掂橡胶棍的巡夜人。我没有看见
他们扑打偷自行车的蝙蝠
只是知道，郑州地理少了几只链盒
我们都理解，烧酒是一条河流下游的湖泊
虚弱可以滑到岸边，我们却不能
它的个人性，包含了某个区域
今后不一样的碎片。一阵嘶嘶声
让亲人接受我们与高鼻梁女人的性习惯
当集会不再出现激烈的光线
我们到酒厂捉泥鳅

天阴了，小老鼠蹲到猎枪扳机上
它不射击沙尘大颗粒的沉降
不是下雨了，半空以团体的形状下土了
怎样才能确认，睫毛膏来到我们四肢干燥的地方
铁路系统清理非选民的嗓音

我和朋友登上车,帮助引擎向东开
腐败急速地颠簸车厢
闪过的麦子和火车一起绿起来
随着蚜虫紧张地给春天关门
我们应该坐在哪里

现在,我们更明白为什么会害怕
成为一种抑制,比变成另外一些人要容易些
困难的轮廓,正是它被冤枉的部分
扯动安静,嚼烂上一年的苹果
我们是受苹果花安慰的阴影
找一些不同的东西,我过去犯的错误
已积累成一次崩溃。刮胡刀
泛起泡沫,我的下巴
有了有害的幻觉,患上哮喘病
交通不是时代,我们也不是消极的枯竭

马利筋草

他们都写到马利筋草,草里

生长的一只刺猬,或雨水

我的舌头碰不住草叶

只是积攒的清香一天天多起来

所有耐咀嚼的茎秆都是宽大的

喀嚓,喀嚓

与黄昏一起磨出光泽

我不去想马利筋草,挺立的生物

被陆地、河流托住

失去耐心的,是某种类别中的个体

我不观察它消失

也许它只是跟着一个女人的裙子跑丢了

在一个园艺师住处

我找一些草名

缺席的手套、剪刀受到打扰

那些信任马利筋草的人

让一株一株草沉睡,醒来
只吸收他们门窗上的光线

在我所能见到的泥土中
有数不清的草籽
我辨认它们,需要一个春天到来
出土的幼苗,一下子绿了
我喊一声马利筋草,回应我的
是他们纸上的一群姊妹

建筑师来信

在海峡另一边,父亲已走了

汇合母亲,或许,他会拿去我一张废弃的图纸

闭上眼睛,最后的秘密是逻辑

咖啡馆,蓝色的尖顶设计

不是为约定椰子。一只猕猴桃,空运到

亚热带的瓷杯边,闪光的釉

包容它的酸甜。大黄狗

回到内地,下雪,过年,我想起亲人的遗容

雕刻一块木头,冷气流被清晨

取走,成品眼镜

待在原来的房屋产权中

时光浸润肺腑,我在建筑师大会上发言

说了一句话

钱,赚了不少,又都花了

但刮过一片一片瓦的风声,还在绘图笔上

攀住山崖,躲进海湾,我是

绿色艺人。枕着草地,或睡车站长椅

哼唱一座叶莺的小镇,天在我不吱声时亮了

再去哪里? 我不需要保护背包

只用避开喧闹,从一个民居艺术的拐角转到

它的正面

地铁里的女演员,反对自己的职业

不考虑和长笛如何栖身,携带了过多的香料

阴沉的广告牌下

一名塞尔维亚青年说,我排斥草莓

怎么还能接运住驳船

多愿试一下运气

呼吸贝壳,盐,海带的味道

颤抖着,浪费着,爱那些应该爱的

譬如,土,火,花岗岩,墙纸的吸引力

牡蛎吹出的音乐

总是低低的

一些事情,我不让步,取悦等于自杀

少数人幸福,疯狂,是环境灾难

我穿过多个民族的村庄,除换几双袜子

什么都不做。一扇毛玻璃

我不要求它透明,镶嵌在

近水的岸上,它是水,决不让它装饰观念

一封信,一条街,一所旧宅,距离很近

过两个月,我返回家乡

坐在井台边,我任由蝉鸣干扰病理学上的血
栓形成
它们是建筑物的附件,不贵重,干燥
渐渐融进华北平原,炊烟

园艺

他们裸体于自己的园艺,一只波斯猫说
好啊,一对结为夫妻的男女,身影
已成为阳光的驳杂部分
中午吃西红柿,一点儿汁液
会滴在磨亮的铲子上。这时,岛屿,黑云
不再像原来那样,一定要稳固在北半球
都没了各自的麻烦,夜里
他们疏于做爱
只移植灰雁的一片树林

波斯猫在屋顶轻易就成为变态的样子
而在平地,却是那么正常
一身萤光的夫妻听见猫的言语
把园艺对整个小镇开放了
游人透过荆丛,向新栽的蛇麻草循环
园艺设计纳入溪流,便于
新道德和一群雉鸡在附近游动
小女儿回家,问候了他们仍在生长的毛发

她刚参加完摩托车比赛,被人问起过

家里苗木的邮购量,是否

品尝了螺旋状的榛果

海洋国家伟大的戏剧演员,为季节收取各种
颜色的台词,像小女儿那样入睡,让她给同学带去
一株两株的植物火苗,坐处女的椅子。废弃的帷
幕在印刷品里堆积,旁边是花岗岩盖住的雪。沧
桑的建筑师为家庭修建的居室被爱情邀请,在绿
叶里规划、完成了另一片建筑。面对着汹涌的大
海,他和戏剧演员弯腰的动作几乎是一体的

过东库,送铁哥、老英、小马诸位兄弟

暮色的正确在经历其他的模仿

去年,在东库,老鸹眼

失去湖水,我们的鲤鱼也是它们的

它们浮起惊恐的乌托邦

然后,是小泥点

波浪扬起平原

我们在俞平伯劳动的农场拾一团红麻

临河镇的婚事是一场内涝

那里的堤坝又筑起堤坝

菱角抵抗推土机

妹妹的音响器材在事件的维度上变凉

我们不出省,不去下雪的北国

晚上喝完酒,住在雾中

去斑鸠的杨树林偷听老庞德走过葛巴草

我们的耳鸣像丰产的稻田

二十九句诗
——记述黄花岭

1. 银幕，宽银幕，她都忘了。和平，喝酒，还有篝火，出烟的半截管状装饰

2. 植物园里，我不想那些椋子木、朵椒、灯台树

3. 我已被温带的气候塞满。北边的，不能早于南边的

4. 耻毛上长了一棵或两棵崖白菜，它是我的时，我就不会知道，是我为祖国遮住黑暗，还是时代为我遮住黑暗

5. 潜水啊潜水，在哪里找水的入口？在哪里灌清凉和水？

6. 像是学校的寂寞，试穿内衣是一件很麻烦的事

7. 升到岸边，一片水域，有她，没有我

8. 她的嗓音就是河南的灵魂，我听不到她爪哇的舞曲

9. 不用啊，就是没有她也不用怕，有人站在石屋上，一切的漫长和乡村景色都由自由人给予

10. 愿河流挽留她，我不能每天都看到她

11. 表演是个整体，她的爱情是我翻衣橱的动作

12. 她受够了胡萝卜汁、芫荽的味道

13. 还有其他的发声，群众的、全新的、哀求的、伤心的，集市隐现唱歌的葫芦

14. 管他呢，别理它，世界上麦穗鱼的叫声，全是一样的

15. 另外的她看见了，一个人没有老师，我就在她身边

16. 雨水打湿马戏团，那天晚上我只顾游泳

17. 河水中，有我盖脸的动作

18. 魔法师的头发，旅馆，在等她，那就走吧

19. 快跑，她在听山下的爆破，有话就说，圆形窗口有相似的窗帘

20. 地球不是围着她转，她转不动了，就点燃炉灶

21. 她要活下去。是啊，连她都同意我的想法

22. 柏枝里的尘土潜伏间谍

23. 女性统治统计学，还有裁缝，楼下是萤火虫和她在夏天的闪光

24. 跋扈变成公司，贩卖问题更容易占有财富。

25. 商场装满港口，海上还有花衣服、小姐姐和波浪线

26. 早晨是一个猪流感的公园

27. 她空荡的手上是她身上的香皂

28. 二十八句，一句紧接一句。我还原她的画面，我的碎裂冒充平原上的一个小酒馆

29. 这是一首诗，所谓逻辑可能是反逻辑，我没想到，在最后才有了她的黄花岭

阿米亥

喝一口冷空气,这雪,下在去年

第五十四首诗在揉皱的纸上

因一场雪的到来而扩展

阿米亥,炸弹毁掉暮色

你为以色列人和我们叙事

阿米亥,坚守着民间的知识分子立场

一个女孩,没有骑马

你看见,马跑在她的背影里

她的辫子,饰扣,颤动的双肩,骑上马

阿米亥,你清楚历史和一件乐器有多沉重

下水道如何畅流

海洋比沙漠大,它们都有细碎的波浪

海洋上,人们驾着船网鱼

沙漠深处,绿色,养育着羔羊

阿米亥,你用谋生人的手

推动着我们的生活

积攒一些钱,为儿女交学费

给母亲买一顶暖帽

帮弟弟找工作,以摄影的方式记录车祸

税务所长肇事,逃逸时

车轮拖掉一个放学孩子的颅骨

阿米亥,你写性,大地上的交媾,生殖

作为系统的柔软,它们同雪

或我们的婚礼相同

它们是诗篇

不是关于人的身体的下半身写作

繁缕

我离幸福很远。可这话卡在喉咙里

见了你也无法倾吐

每一日，我斜穿过冬青，楝树的院落

两堵砖墙挤成的小路，来到街上

这里，离一些村庄的名称很近，譬如于砦，后河
芦村

却没有比一把铁铲更小的田地容几只蝼蛄
栖身

这里，贫弱者和富人的生活是不一样的

他们分住于不同的住宅区，操各自的话语

一个节日快到了，楼下长脸的女人做爱时的
尖叫声愈加响亮

听到东边火车驶过的响声，我时常醒来

翻看一册河南杂草志

第一次见到繁缕

那是一种越年生或一年生的绿草

在低湿麦田里，茎直立或平卧

五月，快到麦收时，果实成熟

种子,经夏季休眠后重又萌发

或许,我早就在菜地、河渠旁看到过繁缕

甚至于观察过它的叶柄

它伞状的花有触及自然的美

阳光下,在一株一株繁缕缓慢变化的色泽里

我似乎靠近了幸福

实际上,在翻看杂草志的深夜

我只能在书页中找到某种感动

而麦陇里的繁缕,间隔了另一些真相

意外

"费菜",你或许不知道它是什么

它是植物爱你的地理,前面

到新岸了,土匪嫂子

蹚水,脚却没湿。应该是这样

她会绣花,小脚泡进河流

那些一直痒痒的现象,保护着她

所有肉体。你可以给她看

她的睡相,旧照片

配着"慈姑",几乎是她完全的精神史

这时候,"我"出现,你不会

害怕吧? 飞机场是"我"回到

地面的逻辑,黑蝙蝠的空白

扣压你的引水沟渠。那里,"人兽混种羊"

有一点点像人,它吃人类的绿叶吗

小湖边,偶蹄

踩乱短梗的香气和危险

希腊已是它的眼神,椭圆耳朵

不用说,"我"绝不会长久地待在

南方某繁育中心

"我"没有匍匐枝的入土深度

不穿深褐色鳞衣,更难供给淀粉

"我"只有社会责任,把"茵陈蒿"

送给干旱的老城。经验走进复杂

你是嫩苗的提取物,又不是

生物特性带着"我"四肢的果穗

垂向新左派。对了,这是"我"

反对他们的姿势

这帮家伙,饥饿感

全来自北美洲过剩的馅饼

后溃散时代,没有对"坏"的清算

却有太多的戏谑

谁能相信,细碎的"打碗花"

是"我"的仰望

漏斗状花冠侵入黄河南的农田

你的眼睛湿润,开始挑选葬身的荒地

是它们含着有裂纹的器官在飞

还是你在低空背着日光? 暮色,后来还有更深的暮色

影响了"曼陀罗""颠茄"

阿托品药性,干燥的菱形或长方形

是"我"的祛魅

在郑州,消费主义掐架性感

"职业圆谎人"采摘私情。他们的礼花弹

为黑夜缝上萤火

你认错人的怀抱,吹响从波斯来的唢呐

诉讼期过去了,不知道

什么样的反常才能让"我"笑

"我"说过的事没有去做

却做了不想做的

你服用柔软

催促爱扩大瞳孔

"我"拿一些草粗粉

用做好事的办法,获取失控的浸膏

从秫米店到仙人庄,"白及"

有另外的产地,你

被烫伤后,交出的事情

成为"我"的蜜糖

颂歌在挥发油里满足

北山坡草丛中,磁力线

吸引了昆虫们的镰刀,和它们

对生活的态度。"半夏"聋了

你会想它吗? 一阵凉风吹过

三步,能跳多远? 草床上,你问

拿镜子照我吗？要我吗？

全部的弯曲都是为了开办网站

在边缘轻度皱缩，是要

看清浆液流出的地方

喜欢趴着睡觉，图书馆耸立着，大厅

个别人的阅读，造成更少的清醒

听不见等候外的任何声响

拍脸动作，一个接一个，落到窗口

预测过冬天吗？它和日蚀一样

给你增加嗅觉的困难吗

想法比暴力还不可忍受，四面墙

用灯光诱捕壁虎

它们的运粮河，陷进煤层

"我"的脚踝并不是你的，"续断"

在矿区生长，薄壁细胞

离你很近时，"我"

送你黄酒、盖碗

在太行山的余脉旋转，花序的速度

不会放过你。"我"可以不说话

你也能封住嘴

得到同纬度植物的意外

你把它们举到平顶山山顶

沿淮一带

消极是我的泡桐,我的亲人

在河南任何一个地方,它都不会

            破坏我说出的话

从驻马店到息县,消极是冬天

            一座座新坟

是艾滋病围住的麦田,水塘

沿淮一带,消极是低飞的白鹭

            平原边的石头山

它有脸一样的豁口,往来的不是

        法兰西妇女

        是被拖出水的娃娃鱼

        运黄沙的卡车

(如果来不及消极,会有什么样的平房

居住? 伤心的县城,餐具,性爱,谁折磨谁)

消极是我的黎明,我的雪,洛阳,郑州

是我崩溃后剩余的沉默

        再一次的平静

消极是我的工作,我恢复的视觉

恐惧的一切,狡猾的一切,新鲜的一切

我不曾忘记的

我已经回想不起来的

演变

演变,这是只多大的螳螂? 它跑到
你的屋里搓手,不受几株植物操纵
啊,从厨房,就可以望见落凫山
平顶的柏树林,已没有针叶的斜坡

这里,只能算是小地方,不停地下雨
耽搁着秋天。上山的通道旁,建起墓园
地底,早被挖空了,矿灯照亮排水工作
而条石悲伤时,不妨碍它架设彩虹

你如果了解矿务局火车蒸汽的来源,一场雾中
会找到具有优质煤品行的男低音,测量
爱或不爱的三角形后院,天气在循环血液
决明子茶,与一朵云达成默契,涌出波浪

假设一座水库崩溃,又废弃,太阳城
突然出现白龟的景色,你的札记能否扭转
新阶级的头颅? 剃须刀被一只果蝇

夺走蓝光,矿井的出产约束狐仙的颤栗

那些骨牌在公园洗着不幸,酸枣稞
矮于一片沼泽地。你想通过和平笼罩的感官
飞过野鸭下的蛋,灰蛋壳、暖气片
都显示日常,它们,适宜你飞起前的弹跳

问候

过了蒲城店，就是那座
树叶上的城。其实，你
正处在树叶的暮色里
有返回一个小国家的真实
也有外省乡村的清凉

许多矿井，依靠巨大的月亮活动
瓦斯在春天爆炸
又一次一致性毁灭，衣裳
是红色的，可见光波最长。你的小姨

在番茄汤外，追赶着
游行队伍的水库
桨手在皮划艇的季节收取水流
一齐划桨，水，还是水
漫向她所涉过的一切
终于带来一种平缓

(护士鲨在远方的海床游动
是那么间接,用胸鳍拖着自身
投下近亲勇敢的影子)
在一家逆向的旅馆,你与热依汗
结合,孕育的精煤被打胎
简朴的诊所,也迎接
性工作者的时代

当泡桐花在煤机厂轰响的上端
向下蹦跳,母亲们回家
拾碎铁的她们,曾捡了一夜白霜
缝纫的一刻,供养学习艰难
(轻轻摇吧,肢体广场
有羞怯的出口,落凫山
平躺着,纸鸢从湛河飞出)

夜里,十一点钟,你陪热依汗喝酒
一点半钟,裸着做客,灵魂
问候特朗斯特罗姆

"有一个沙洲,绝对
可以住人,只是夏天的洪水

到来时,房屋的根基会被淹没

如果开瓦松的玩笑

女阴的清晰性

能让你的居住动摇

甜菜的竖向线条,让电动车

困在非真实中,你的散步

开始掀起一些波浪

白脊翎在桥下推走一块矸石

有人把它看成绞股蓝"

第二天,天刚亮

你收起雾,和不敢轻视的东西

散开的笑声,不被怀疑,由自私赋予

潜伏的胃痛,甲鱼

翻转浅表煤层,三十年

得到的坑塘改变着气流颜色

继续到准确里种树,树叶上的城

多出的树叶,将遮住不幸

这是谁所需要的,谁不注意的

最好的奔跑,已在女儿的雪中

停下,你还要到哪里去

某月某日

十五年过去,我还活着。南海,湾流
其他见证人,拿去一点海水,或从运动场
领走山鹧鸪的鸣叫。听到一些消息
是有关铁锈和恐怖的。一个母亲
想他的儿子,燕山念给她
雪,青桐,死去却想活过来的人

我不去想母亲。饿得浮肿的人快走
双臂垂下,左脚跛着
也要越过省界。到海上,看台风衔着一条鱼
烘焙器具,捏弄树脂,放缓这些技艺
用性爱去确定夏天,枪声,清晨
内心争辩一次,身边就驶过一只流亡的船
那些藏进白皮松的大学四年级女生
让出一部分软纤维,颤栗的嘴唇
我还要谈到母亲,她空荡荡的房间

垂直的叶县,朝郑州拉一条线

那是炎热的下午,不指向可怕的过去
沿钢轨闪亮的方向,马长风走动
他苍白于黄泛区,担过胡风分子的粪桶
从死亡到平静并不远
他曾幸福过的开封看起来很近

对熟识的阴影,我承认,我畏惧
某月某日不存在,我不去假设
我谦卑地微笑,在拍纸簿上写诗
或当勃莱述说爱情生涯的读者
我需要这一切,但更逃不脱郊外小麦的倒伏,丰收

在石漫滩

把湖水朝两边拨开,时间
没有修辞。是的,我们的哀悼脚步一样轻
从九头崖到一条船,灾难投射到证据上
那昨日的雁鸣已变成岸边的灌木

在元胡的生长期里,我们野生的性质
有了逆转。受抑制的,还有春知了
一些平房敞开,住着有害思想
梦见事件真相后,水葬展开它的纪录

我们也被动在矿坑里,群众的柔软
通向矿层。秘密,绝望的广泛性
延伸着铁锈,又在雪上悬浮
往上走,四季的包袱装着残忍

为灰色而存在,我们却是绿色
叶柄是散乱的物质,损害着忍耐
其他悲歌下,我们只能是一阵阵旋律

使君子的耳环,漏过凉风

南北气候在半山坡交汇,一群人
用手工清理出一片脸。我们在更多的头发中
沉到埂上村,如果那好酒、被醉掉的纪念
不够黑暗,我们就做些补充

有一种蛱蝶,会对我们打开窗口
翅膀外的配电房,是碎玻璃最多的地方
蜥蜴收集的意义,有小叶杨的潮湿
在钢厂,我们会被拖到密闭的场景

我们一直在看细浪涌出的嘴唇,这是清晨
过去的死亡,比跳出水面的鱼还要明亮
听到的,听不到的声音
继续破裂。刚下的小雨,忽然停了

谈话

你的家建好了,正对着晚报上的秋天
门窗,在夜里砰砰作响
只有一筐猕猴桃的喜悦,适合
这次谈话周围的眼镜、法律、水瓶、虚构的日常

你从暖色的缩减中看见农业
它在秸秆的丰饶上发展着奶牛
不幸福的必然晾晒着屋瓦,混乱
越过苇塘,在另一片土地上降落暴雨

被语言追随,是反过来追随语言
你的黑衣裙体现了桑叶,一直有地貌的明暗
经常会这样,你去的场所变更了田旋花
那些受伤的耳朵,再也听不到社会

吵闹的阴影下,有清醒的线索
一切事情,都抵押着立场、变化
你的狗多么新鲜,它拽住你走

让你的公正去汇合斯特拉文斯基的音乐

像你用方法保持的冰激凌、眼泪
七位数不是你要求的墨水
你所喜欢的酒徒额头,披着砂引草
风吹燕子,散开的长发遮住信仰

说错了,你的家还没有建好
你只是在一所房子前歇息,跳舞
闪光的指甲碰响呼吸,一次性的湖出现
在黎明时沐浴,阳光的虚设淌了一地

伤害

"对伤害你的,我全都诅咒。"我总是
把你的飞舞看作图形,放在手上
几个真理变成它的颜色。叶子,鹌鹑,椿树
触到气候的砂纸,一切都来了,又没来

暗算所承担的是角色的一部分,而我
却没有受利用的过程,感觉整体在反射悲剧
房间,衣橱,在措辞中有了低温
绕到河的左岸,你才能把水气带回庭院

真是这样,你所熟悉的抽象都有狡猾的具体
就像在听歌时听到了黄鼬的数学,它
分离你,并捆绑你。打击乐结束
一个受困的白天还要干预另一个夜晚

我不能用一场雨淹没周围的喧嚣,当风
吹过宁静,吹动你,渴望者的幻觉储满清凉
如果雨水能冲走那些由危险擦洗过的脸

睁开眼睛,事情的阴影下,有你为最后世界保持的光

你曾踩着细卵石走到一排浪尽头,野山杨
低于社会某个角落,仍有一首诗活动的地方
有一些恐慌,来自其他动力装置的叫声
灰蓝色的空间,联想的星体,一直在你灵魂边缘

不配合，也不反对

由一个重罪支援，你种下
两棵梅豆角。这轻松的事情
包含郑州外面的危险
失踪人的干草，已把你的居住填满
清新的力量就在窗内，却难见到
在松林，你吃生鱼时
麻雀病暴发，雨水
洗着赶路的尼姑
小船坞，蘋果一样悬着，去那里很近
暗红山上，刽子手围坐在树丛后头

你不能多问什么，向形象要生活
要不到像样的。唯物的人
布置的结局不能相信
质朴带出的激情会淹没河南

想一想，就回到肋骨了，它们
也是梅豆角的枝蔓。从中传出一支歌

是你能听懂的，又好像不是

再听啊，冬天来了

生长的还在生长

只是要确立更准确的疑问

在荒凉的行进中，暖湿气流到了胸口

而迫害狂的声响，比自然还大

某个下午，梅豆角死去

智慧不能说明它们卧下的样子

你知道在一个地点埋进同一躯体

不配合，也不反对

春天

1

她在前面走着,你抬高头颅
这是海边。蔚蓝一次性出现
她的嘴唇尖尖的,像流亡者
安宁的妻子那样

两个人涉水
都不见了脚踝
她的鞋衬始终白着
重合了你胸前的羽毛
此时,波浪向岸边卷去的
不是两座山
是山上的树丛

2

一枚脆弱的鹰卵爆炸,血统
留下一双眼睛。在她的头上扩大
瞳仁飞到邮轮行进的窗口

藏在包裹里的冰雪外壳

随她远去

3

你用喙说话,一切都是真的
捕捉者三角形的绳网是真的
长竹竿是真的。身上的蓝条纹与海的颜色
没有差别。白条纹
可以忘却河南的肉身

还有什么是真的? 一只只蝴蝶
各有名称,你必须解释它们
林间空地,容得下一场雨
也让你伸开腿和胳膊

喙表达禽类的言辞,再次安排
救助的水星飞翔。泥土
分离出的水泡
使一只绿头鸭穿上衣服

4

学习一位少女,一个母牛
让自己向人的改变加快

一手拿酒瓶,一手举杯

两只耳朵柔软后,性感了

腰以下,比周围空气

还要性感

风掠过。一串铜钥匙打开

雀麦花。饮一口酒

花枝被魔法术折断

饮第二口酒,那是她

对青草的怀想

在激烈的性爱里

她华丽,苍白

仰起金黄的角

5

植物的孪生女,原来有一只铁铲的夜晚

她们挖出蠕动的幼蛹,补栽一棵树

海岸线给她们以尘世,后退的岛屿

她们拥有的黄土变成褐色

"明天,茎秆也许能

在彼此的相望中粗壮起来

羽化的碧凤蝶环绕着它们飞出"

6

广阔平原上的牌局,决定她的身世

她说,有骰子,才有泥土起伏

秘密藏在你的低纬度上

有半球形的桌子

才有她穿行万物的气温

她已被敷上油脂

她被连接上灌木的叶子

牌局在进行,乌云压进你的帽檐

在平原的两端,有温泉

被砍伐的树桩平整如它们的幼苗

荒芜的可能性,被暮色

清亮的声音记录。喜欢在爱中

颤抖,就叫她去哭泣

忍耐,是让她等待

这春天的旱情

是想让你有更多的播种

她不知道的惊骇,你清楚

她想洗掉刺苋上的灰,而你
捡过煤渣的手把牌局拖拉到河口

一副牌冻僵,冬天才发现春雪
她的袖管甩出绿色
和另一副牌
小动物们的光线纷纷坠落
洪水泛滥,平原上幻想的牌局
发生错乱。泥浆中
你和被劝说的并头草守在一起

现场

书架前,你说起宗教,同样的肉身

被晒热,两只椋鸟

在下午飞出凉荫。近处,橡皮坝的光影

不能够怎么样了,通货膨胀已变成神学里的菠萝

你可以站到书店外的路边

瞧那些五金铺的扳手

新开始的痛苦戴着

笑容的面具,晃荡到我嚼烟丝的地方

是时候了,又不知道是什么时候

还是继续我们的谈论,直到再没有胸腔

吸收现实。亲爱的,用决明子

明亮你的眼睛,一条条杨穗

空出意识的位置,缺角的书页纠正生活的偏差

却不扰乱你桌上一壶沸腾的水

我想到,压低时代,或它的语调

你要为不相信付出代价

去年,二月还在雪里

广场上的孔明灯

在半空漂浮。亲爱的,当冒险降为黑夜后

你才像信仰。不是吗? 很久

都不会有语言的批评回到你房间

你为私有的摩擦而安静,能确定的人称

选准追随。爱我曾经的一些事,你被风吹到他处

即便那不是逃离,也是去了另外的现场

赫莉和亚历姗德拉,或在伊水街

赫莉来了。非英国人时代

摊贩让开一条路,她

不说什么,来到房介所外边

真是好事啊,免费看房,她瞧见

柿子滚了一架子车

这里,没有亚历姗德拉的蜜色,最不可能的鲸背

在新情况下喷水

(任何港口都有明天)

亚得里亚海,进入细微的海图

过去的是过去,还要去哪里

只是假想,两个人的菠菜,共有一次航展会

旧边疆的飞机,可能在意大利

也可能在靠着阔边帽的某地

亚历姗德拉后来知道,她和赫莉飞行相同航线

机舱与足浴城的差别

仅在于卫生承诺书的大小

一阵风,吹开茶叶店,水利局局长

买雨前茶,土产店店主又来讲价,他们一齐错开雪水

每天学习,都学不到什么

一道逆光,使赫莉虚脱

亚历姗德拉的身份,拿走豆饼屋遮阳伞

她和她,没有集体的隐性疾病

赫莉站立的街角,凹进

一家证券交易所,幼儿园

掠夺成性的物质成员,到赫莉家乡安家

真相难以清晰,离拉面馆已十分遥远

赫莉和亚历姗德拉走后,还有人

不断到小店修拉链,配钥匙

昆虫背对着分散的财富,是赫莉疑惑的抽象

中药店,诊所,文印社,在夜间关门

亚历姗德拉的笑声,带走很多青年脚步

她们发明两个侧影的影响,小社会

是一条河流升起的一条短街

是你,还是她

你爱她什么? 不,灵魂里的爱现在不重要
她知道后海下雨时,菠菜
怎样钻出泥土吗? 看看,你的下巴
已是一个屋顶的斜坡了,日光照上去
让你的想法更加绝对化
她的爱,并没有从索须河
水平面涌出,你的幻觉比杯中酒更像幻觉

今年夏天,悬铃木树皮几乎
蜕尽了,在碧沙岗,最高的一棵
两侧,是抽陀螺人的磁线和虚无,我是
它的第三个侧面。我爱她
是因为有一天望见,她是我
心脏瓣膜的缺口。我剥下第四个侧面
剩余的树皮,明白那里有危险
我不敢确认她会从远处来
和我定下一层简单的内心争执关系

是你,还是她,一直待在被伤害的地方

她的知识,有没有与你摩擦的暮色

半岛,半岛,朋友们控制着

温暖地带的气候和私人旅行,困境

在召唤你的牛角梳子,它放在哪里更合适

我对她的要求已昂贵到了抽象,生活

不会答应我。在失踪里藏身的人

也将放弃自己的性别。她坚持的自由

就是我要爱的,我愿意是

她向喜悦完美鞠躬的一部分

我不再急躁,施与终会在平原和山谷中

找到它所需要的一只黄莺

在十二月,你努力去做一个善变的人

这样劳累她,她就能成为你吗

脸上出现新的笑容,像是站在

悖论上的那一次,她的一口井的井栏

要反对你的照片吹出的漩涡

滑过少数人的云彩,承担一场大雪

带来的寒冷,一双收集过河南杂草的手

当然不会被冻掉。我获取了

白头翁圆锥形的根进入白和绿的哑语

不盼望母亲小菜园的风从我另一个开端

抹去洗车牌上的花粉，她不会是别的人

她不再同错误的整体房间辩白，只对爱

的事情好

在家里放一个日常洗浴的木桶，被理解

过的

让它和一片海很近，离我很远

形象

呼吸是你的猕猴,相貌是

你的星光,樱桃是你的理论笔记

悲伤是你的榉树,河南越调是你睡眠中

抽出的一缕发丝。这样说

都有不对的地方,好像在罪行正播散着的土地上

形成了新的现实。这些天,出家的母亲

总在担心对动物的伤害。花鲢

飞出河中的倒影,迎向

受嘱托的人。一些人

为了另一些人,脚上小趾

多长出半瓣趾甲。可以问一下

能把哪些人的角蛋白送给你

肢解桥上的悲哀,伪装的白色

粉碎旧的构造。把身体蜷缩在一起

抱着枕头,或许就是可记录的牺牲品

就这样了,暂时,什么

都不用说了。你只是还有火车头一样的脖子和脸

而其他部分被掩埋在水塘以下

黑暗是你的房间,一个下午

是你的窗户。葳马蓝

是牵动过去的灾难,在煮开的水里焯过后

才能去掉苦味,受诬陷,哭泣,和菘蓝交换

它是你的野菜。作为幸存者

所能看到的,只能是一切逝去者经历的此时

和铁轨上的真相。是的,很害怕

但是相信,盗梦的时间

没有长度。这片土地

正装载在已知命运的列车上

所有活着的生命的耳朵,都形成隆隆响的声音形象

索须河

一月份来了小鲵,成为

这条河的支流。寒冷的方向

有太多的色情,并和一些雪冲向梅花

到这里前,你更换了上衣,而下半身

继续慌乱着。一回头,看见

小鲵的亲戚正在对岸翻土

空想着战争,核辐射

因为有冰葡萄酒的人生

胡琴上不了你的帆船

老师教会你,用龟壳支床

印度香里飞出杜鹃

你的闲逛让九点后的上午分裂

一千多只羊集体跳下山崖

在水面堆了厚厚一层

渡过去,渡过焦虑看上去很白的一面

打一个界桩

对于到来的好事情,也不妥协

你可以告诉青蛙，如何

掌握回想交谈的方法

在加油站倒着车，释放公共灾难的人

终于喘不过气来，谁还能

听到他的脉搏，像是爬行

还是受困于垂钓的痛心皇后

一段时间，海棠已不仅是海棠

还是迁移来的台风，雨水

河南腹地的牛虻

被吹得离开了黄牛尾巴

河水涨上来，新发生的一切不再包括你

你登上一列火车，被一片方言围住

新约诗,或旧约诗

新约诗就是旧约诗。一首诗,一行诗

是为了把宇宙说得清晰

譬如,一瓢水就解救了河南旱情,等于在讲,你

用一场雨浇灌乡村的粮食安全

而一次晦暗,则表现它们具体的抽象

是啊,一个亲人的位置上,有策兰,或一座水库

你看,这库水在皮肤上翻动,变扁

降落到鱼眼草的叶子下,它继续

深入一群牲畜的特色

又经历你的年代。泥土的动物,叫唤着

跑进对岸细沙

风吹倾斜的利益集团

个性的波浪已成为另一排波浪

旧约诗也可以不是新约诗。对于人,一张笑脸

是多么重要,一句废话

能破碎成信阳稻田

确信的事情,不仅被冲洗了表面,还被干燥

灵魂的姊妹隐藏真理的差异,一切的局限

在物质性里,都会收起一次黑夜,或一个黎明

新约诗还能够分离旧约诗。就像你的身体

倒映在任何地方,都相似于一棵青桐

哪里是水域,哪里就是生活

一首诗,一行诗,你所能确定的

它们是两只水上的麦鹅

能像你弯下腰,做单一的动作

还有一些新约诗和旧约诗并不是诗

只是你的鞋带,交给一缕阳光的抵押品

或是你与同路人的一回水边饮酒

——给扶桑

第二辑

长诗

冬日七诵及一首附诗

1. 这雪

这雪,下得正是时候。暴雪
封冻住酒疯子和燕隼
的行踪,还把冰柿子腾空到
小尔城的脸部。不过,家里的芦笋和他
都已穿暖衣服,北风再狂急
也能从雪的深处脱身

已没了普遍的桶,他不知去伤痛
的哪里担水。水井旁,老杨树在偷喝酒
舀子里的伦理被洒到雪上

已没了仇人,只有放慢的日子
它们很像南太行猕猴们的窝巢,有的
还像自行车的链盒,有光亮、暗色
但都抽象出时代性的位置

除了看雪与雪的冲撞,这时,他

再也不能望到什么，去做什么
噙着尘世的泪水，雪就是郑州
的土地，就是诺言。雪还是诺言的家
它的屋顶、廊道、草垫子是词语

雪只有下完后才是诗。诗是想象
不是虚构。不为其他，诗
正向河南的良善倾下身子，他吹掉上面
的逸乐气味，只用生活的口气说话
然后，再扶正这诗的额头

诗向雪买醉，一口一口地就着
盐拌的矮脚白菜，雪与诗
飞舞，他不乱跑，也不咆哮
在雪里，他想着不下雪的临安城

2.与母亲的家常话

（母亲老了，身体还算硬朗。她走路的样子，像
观音土在二龙山的路上滑动。平日里和母亲说了
那么多话，能记住的却没多少。）

"又去过香山寺吗"

"没有。从秋天到现在都没有"

"你头发快全白了"
"唉,管他呢,白就白了"

"你那边儿雪下得大吗"
"比平顶山下得大"

"雪下有半尺厚,半夜睡觉冷不冷"
"有暖气。不碍事"

"眼睛一阵一阵痛,看东西还有重影"
"不要干重活,累了就歇着"

"现在雪小多了,过去老家的雪能过膝盖"
"生产队里种红薯,好像家家都晒薯干,肚子老是饿"

"水发得癌,人没了,他闺女也不知去哪儿了"
"记得老家坟上有柏树林,后来都不见了"

"老家的房子早塌了,你二妗改嫁后又生了

孩儿"

"姥娘是小脚,家有梨园,她那时候纺棉花,给人说媒"

"妹妹给你的棉鞋咋没穿"

"在屋里不用。等出门了再穿上"

"冰箱腾一腾,鸡蛋、鱼都放进去"

"实在放不下,在外面也行,屋里又不是太热"

"厂里老出工贼,他们替卖厂的人说话,现在也没活儿干了"

"上个月到厂里,家属区瞅来瞅去也不见人"

"别吃恁胖,对身体不好,容易生病"

"嗯。你也不要回水泥厂种菜了,上下车危险"

"少喝点儿酒,小娟他爹刚喝死了"

"知道了"

"下次回来,再捎两盒眼药"

"行。记住了。放心"

"再找个过日子的人吧"

"这事你别再操心,找着了,就给你领回来"

3. 农业省份

普罗科菲耶夫来到这里,雪和芝麻叶面条
迎住他。窗外,雪不住地下着
除遮住农业外,还有他对橙子们的爱情

生活在农业省份,南北气候交汇带
的北边,从一家小邮局到一段越调,中间
隔开了两条河流。父亲已经病逝。他从不曾
经营土地。在雪地上,母亲
开办了一所学校,庭院里
有一棵梭椤树和几棵槐树,休息时
她用回旋曲召唤亲爱的农业

农业退下长脚鹬的山岗,与乐声里
的平原有同一个灵魂

还有同一个人,看不见云层缝隙。在平日
呼吸农业的是弯曲的颍河南里。在雾霾中

散步

连听到的说话声都还是农业的
瞬间的幻影,是苹果的通信地址
炸油馍头的摊位被强拆
偏僻的仇恨堆起人口的粮仓

一对爱的搭档,绞着她的左手,就是
挑起他的右臂。又下雪了
雪是意义,还是一些怀疑。雪是
对维列斯的崇拜,又是松卓夫卡村
的丰饶。摸黑到旅馆,农业
洒下玉米、线椒的灯光
一只狸花猫蹲在床边,
低身看浴盆时,都要到早晨了

农业省份是外省,它曾发生过
饥荒、串珠水库垮坝
雪后的麦场跑过狐狸,龙卷风折断
花生地里的泡桐。淮河在有些地方已经断流
黄河上游漂下来溺水者、被害人的尸首
性工作者,也大部分来自农业
整个地域没有田园诗,没有乡村音乐

农业的附属是柞蚕丝,染料作坊
丝绵被下哭泣的婴孩。在下雪天气
他也是农业。雪融化那天
坐火车到了另一场雪里

4. 她是诗人、小说家
而突然的雪并不是生活,过少的雪
也不是。在湖边,只有半个耳朵的人
能听到诗的偏执,自己躺在
自己身上,而不是变厚的雪里
伤心的事才不是伤感的嘟囔

如此呼吸:像雪水淹没思想的脸孔
红与白装饰的火车,才能驶进
断桥、黄鸭和睡莲的经验

建立类型,倾向于那些没用的、无力的
和佩索阿发生一次最小单位的争辩
还要把学院的一排鹅掌楸,还原为天堂伞
举高阳光的模样。要知道
在宇宙失控,并不比在故事中更为羞耻
所有的小说都是偷欢、抓狂,而诗

一定是自我放逐,遇上表象狂欢
系统化的道德说教,就变成
这个族群愤恨女士的兜肚

已在棂星门旁等了很久。雪
下到民主的酒香里,或是乡村
的空闲地带,幻术就有了被定制的宁静
你看,技艺和宿田翁都已焕发出力量
运河流动,波浪赶着波浪
而画船还停泊在岸边。"她待人
从没有等级观念。"对本质的追寻越过
求救,玻璃幕墙上身体的侧影就被压弯了

只要曾看见一只知了吃了月亮,浮动
的客栈失踪了黄莺,也算不上恐怖
就这么样,又能是怎么样
有雪就行了,次要角色逼迫
主角哭出声来,那也没多少不同
只有那样,一绺发丝才会被北风吹上肩膀

诗不是反诗,而小说却已是新小说
每个叙述、每次倾诉,都激扬园林消沉

的冥想。虚构的自传被雪覆盖
赞许或被赞许，几乎听见
但又没被言说。平和的抑制
来自那没有血缘关系的亲人
被强制的创伤在这里成为最小的剧场
向远处望去，或看近处的菊芋
惶恐又在雪里遭受退守，再后来
变为了说不清楚的获救

在新的地点梳洗，炙热也是驳斥存在
的证据。是呀，回到陈思王的雪里
以自在的手势拆掉阴郁，这工作的宽敞
让诗与小说遗忘了刚过去的雪

5. 在桂花城
雪还在雪那里，在证券交易所周围
的小蜥蜴身上。鹅和蒲苇逃逸
丝绸，用欲望的悖论穿透物质的边界

不是为了别的什么，口头上
的庭院已长满苔藓，外地的传言
落上桂花一样的雪。去做手术咨询

称颂的时代对称了肉身，偶然的面具
应答了空想和计划的爬行

北方来的木工、泥瓦匠，在街上
行走，他们身体的摆动唤醒了修辞
除了活着，还是活着
前头和后面，都有自然的死亡，而深呼吸
又具象了城边低贱的尾矿堆
风吹着雪，雪是雪的丘陵
是公鸡站在碾盘上垂下的嗉囊

视觉所说的锥体，撵跑了巷子里
居家的旧人，在湖水的广场上
夜鹭在悬疑的巢里孵卵
蓝色代言人的游踪向着倾颓靠近，汇艺中心
飘动着妖娆鱼吐出的雾气

事实上，记忆多了，就是忘却
不见老房子围上来
还会有什么雪的尘埃
好像是没有人称，可有了绿萼梅、紫藤
一切也就完整了。暖锅放在炭炉上

香榧子的耳朵就会柔软，团圆饭
是内时间漩涡的某个类别，私有性
的视角隐藏了雪的磨难

习惯了沉睡的技巧，那就
像蝴蝶那样睡过去。扑闪着睫毛
再让四肢失去知觉，听泉池
的水波滑过光线的镜子

6. 语调
如果不在家，他就在找语调
的路上。手冻疼了
雪化成了风信子的想法

烛光闪烁中，多想抓住发出另外声音
的那个人。但雪和身体的空间
不能用上同样的节奏，灯笼
被河风摇晃，看与被看的痴狂
隐匿于孔雀蓝散发的波长

在小仙女出入的虚妄里，狡诈动物
把她一只手交给了不确定的时代

这还有什么太好的办法,此时

语调的温暖只是一个轮廓

本来是要封住嘴巴,却不得不被迫说出来

一些用旧的乐器,一些新的星空,一些借来

的假面饰品,等着不可知到来

谜一样的钴蓝、靛蓝、蔚蓝、黛蓝在洞穴里

成长,有什么能压迫它们的语调

只是听说阿勒泰下雪了,还有哪里

也在温润的下午,有什么灾祸

还在击打语调,又是哪双眼睛的转动

让视错觉离开了无穷小

用了怎样的语调确证哪些生与死,才能避开

谈论赵家人?雪的踪迹也可以是蓝的

国土的起伏却是另外的颜色

半生随着雪飞走了,另一场雪

被接住了,记住了,又想不起来了

语调是下着的小雪,也是诗

在布鲁斯里无边的弥漫

带着语调去旅行,地平线沉没在灌木丛里

几乎听不见罪行世界的喧哗
其他蓝的种类也变成开阔的、平缓的

7. 纪事

"清晨,三点多钟,在洛水北岸
你边撩水,边往前走
请告诉我,你到底想要什么"

"对我来说,那不难明白
我是受了自己的驱使
赶来找你已想不起来的东西"

不用懂,就知道了。在询问里
她是你的勇气,也许还是你的面容和内心

越近越好,或者是,远了,亲近
才能成为信仰。随雪来,再跟雪走
病痛的转喻损坏着避难。听招呼就行
仰起脖子,用以纠正笑貌
预言在哪里,白下来
的云层,就会和某地的积雪聚合

很少的愿望嘴嚼都难已记清,感官
的捉摸只被允许于艰难的条件下
坐在河南的黑暗中,听雪片
飞过冶炼厂的工棚
与自己说话,才能被雪唤醒
即使这样,也会出想不到的差错
咳嗽一声,撞雪的半边脸
瞬时就失去了知觉

一些人或事,用完了她的时间
不用再去猜测那些黑与白的绣庄
刺绣的光阴,早已哑默
从马尾辫的甩动到路上,再到菜园
平地、播种、浇水、收洗,这些活计
都不会再有。忍耐才是要数的账目
在她的心脏边平躺着,你的骨骼
会响起游禽们的叫声

爱的束发带、便服,还有婚礼、烤栗子
这些好东西,过去都不缺
共有的命运外,有人又给了她另一些命运
她是常去萨福那里的人,斧头帮

繁殖的危险不在生活的范围内

她还曾是立于洛水边山崖上的人
就是站在现时的老城区
也能认出雾霾里的牵牛星

附诗：是拆解，又是重合

黑暗对他不是例外

吸几口气，再呼出去
醉了，他也不是元微之

这跟道德不同，道德太急促，也太活泛

被她的喘息抚动，单身人
的紧张就变成甜玉米的疼痛

这一代人，都缺一个好腰
诗是拆解又重合的仪式

被劫持的,被偷走的
都又被衔杯者取了回来

审判给了坐上法庭被告席的律师以名声
"请拿出证据。"像人一样说话,正义被抓捕
那蔑视物欲的,总是安静的、睡去的

把暴虐做成秩序,这是
多难的一件事,可有人做到了

在做私酒的那些天里,左眼睛不住地跳
划动胳膊,疲劳先生的内心
没了味道,也没了恐惧

枯坐在灶房里,他又看见雪扬起的灯火

拟拟曲（节选）

这里没有贝克特,只有他说的

磨损了大地

的光阴不情愿地磨损了这里

抑郁是另一个他的喘息。场景和流动

在油纸伞中找社会,它们就已经旧了老了

空气里有明亮与阴暗的钟点

受苦并再受苦

某个对象的失踪,也是新鲜的伤口和泪水

不信了,就不怕了。软弱

逃离,就会在瞬间被处女座照亮

一

在是田园的地方,消失了

田园。也没有生产桑树和山脉回声

的工业，只有荒芜的残破

电视塔投下言语阴影都是一样的
所有灾祸
都有相同的想象和验证

二
在园子里，松土、平地，又挖来
河沙、塘泥，撒到潮湿的土上
太阳有点晒，鸥鸟
在房屋两边的水面翻飞
起风时，客人来了

唉，怎么得了这病，夜里咳血
胸口疼痛，吸气都没了气力
抱着膝盖，来不及念想萧条中的弟妹
洗把脸，正一下葛巾，露葵
又把他领向新发的叶芽

灶房旁，偷吃嘴的母鸡，带着
小鸡绕过鱼篓子、藤篮，难过地瞥了
他一眼。鸡们不知他拿什么待客

家里的薄酒只剩下半缸,客来
不多会儿就能见底

还不到季节,上不了蒸梨,吃鱼鲙
也找不来调味的蒜薹、豆豉
薅些畦垄中的灰菜,唤儿子取出
挂在墙壁上筐子里的柑橘,黄米煮熟后
香味飘到竹林围住的药圃

许久都没来过客人,天狼星
照着披散的头发,空酒杯不再有
飞驰的逸兴。坐在院子中间,招呼好来客
用阵阵喧嚷与客人消愁,东边
拴紧的小船拍打着流水

三
不,这不行,但又好像可以。他这样
称呼"是"与"不是":"是"
就像在水果店买一把折刀
的"不是"。"不是"又
似乎是两个人对看时,不用借助
外面水柳树的光,就能看见

相互的额角。"不是"，那又能怎样
再没有比这更好了：称呼
娥眉的不朽，或召唤一只凤蝶
不一定要迎合袅娜的步履
年代暴露必然的时光，安谧
的漫长更像那些"不是"的休眠

又似乎是这样：鹣鹕在医学院
受伤，附近，一小片水域
形成哽咽。有没有"是"与"不是"
这只动物都用血液移动身体
而把隐匿的温情卖了
鹣鹕的同类，才能医好它的伤病
还上欠给斑鸠、苇莺的旧账
设想的"是"，并不是鹣鹕的
称呼，只是词语，它
伪装了人类的"是"与"不是"

"是"，"不是"，不该这样
开场与结束。在哪里，他和她在一起
"是"，都要解决抑制的疑难
"不是"也要活着，并做

活着的陌生者。"她是我的时候,我在河南
等我来。"这时,受伤的,不是鹁鸪
是服从。在公正的平静中
受伤的如果是那个晦暗,就要有
一场灾变。在受诉讼的早晨,在疏远
的反面,他捋动胡须,再次
用语言生活。他已管好自己的嘴
在豁然的亲切里,"是"
不反对"不是",面对"是"
与"不是",他不再说什么

四

在一次遗忘后,为什么会有更旧的催眠

床上的书垛下沉了,他是时光中偶然的泥质
岩,或砂粒

低到苦痛里,他的骨头是他的嗓音

他在用手想她,把灵魂变成另一些肢体

因为这些,才有了那么多

的茴柏、黄羊、树鹨

和其他色彩喧哗的混淆

运送甘蔗的货车装上

河南、阳光的芝麻地、梨膏糖

从拉长距离的现场，她知道

这都在什么样的历史范围内

又什么都不清楚

她像盲者，又像不是

坐在公寓里拣枣，其他动物

的模样，都很阴沉

蜜蜡手串的声音是一个锁孔

她突然看到，报业大厦边上

新栽植的丁香要去瑜伽馆做教练

没有刹那的此处，必有气流

的彼处。不打妄语，她既有

七里香的虚脱，还有瓦雀的惊慌

总要有一些说法，到处都是

有毒的土壤。在后半夜

剥猕猴桃，自己吃自己的指甲

她不再多想，只应对忧虑的尘埃

一只钟表去抓光景的共谋，不会是她

或许，她把曾收留的卖唱艺人

忘记了,她就是忘了
后退了,没有退到露山的涯岭
那里,地貌褶皱藏不下消瘦
那些发光的事情像是被怎么了,而又没有
快要疯了,但是还没疯

当走到眼前的不是她时,来的
就是另外的命运。稀罕什么,这牵挂
就是遗失。看雪,辨认分岔的路
他在一堆苤蓝边掉转身子,又坐了下来

他没有的好处在门槛外聚拢

要听清囚禁的调子,就卧在廊檐下

在哭泣的废墟中,谈论只剩下脸
的困境,买回留声机和西葫芦
他又收下眉头、共和、老虾米的量具

五

在水库边,虚念像波浪涌出,喉头音
来到现在。身体厌倦于辰星血统

的回旋,也一样被清醒的模糊缓解

从正面和侧面瞅见的臆测,覆住
遮阳帽下的面孔,游荡的人握着吃洋芋
的盘子,风吹动受惑于错乱的肝肾

尽管这些都是得到肯定的,也难以明白
怎样和象牙色媾和,并在逍遥枯萎
的黑暗中,接受想法的折磨或被贬低

他不是知识的产物,在平顶山,不能回返
的季候,曾给形骸以下雪的臃肿
草滩上,四肢横躺着逃不掉的负疚

与自我的间隙性已住进诗里,还管在哪儿
栖息干什么。黄梨的药引子
放在桌上,他不准备把它交给任何社团

朽坏的组织过冬时,就要迎来寒冷
这绞车房、煤场旁的城市,除了
产煤和诗,还晃悠着精神国土的病人

谢谢你,酒兄弟,是张口说话的时候了
你已给予他测量隐秘花园
的方法,还帮他把爱与恨说到万物的终结

六

他记不住了,或有人替他说:伤痛不仅在
穿蓝裙的自由写作者那里,它还
隐伏于河南,如果远游有了灰鹊鸰的特性
却破碎了,还咋捏合起来

在车厢与他的交接处,披雪的人
作为昏暗的例外,闪了一下就隐没了
肩膀上跳动着猛禽的动乱,摇曳,逃匿,这样
的小身体总是有被造反淹没的危境

他经历的阶级斗争,让冲动的投机者
呫尝了拐枣的甜味,反自然的
施虐者,眼睛凹入锈铁的厂矿,而集体熄灭时
无边的饥饿取替了形式的幻听

有了一时的运气,吓破胆的人
不在手腕上刺青,只会在耳朵里拨弄

水和睡莲。受迫害的,是这个人
躯体内部的人,他仅是被疏离、榨取

受罪者就是忍耐者,蜷缩在银鸥的叫声里
提着藏在鞋里的小灯,都愿沉溺于
被偷窥时的温驯,外出和行走
也不抚摸被吊打时留下的疤痕

在动乱悠长的坚硬里,还埋着另一些动怒
的绿皮火车。瞅,它们来了。看,没来
但已来了。沿顺时针方向,他
的左手,听到车轮撞击呼吸的吱嘎声

七
过去的他问他,椅子
又空了
空椅子已远行
你会去哪里

夜很深了
他在河南佝偻着
与亲人谈起伊卡洛斯

那灼烧双翼的太阳
海平面上的伊卡利亚

夜深了，他在
水马齿苋的闪电
和暴雨中喝酒

八
不活在嶙峋和定义中，瞧，这个
像音乐的诗人，过着民谣
的日子。在语言学的闹腾下，眼皮
阖上，他看见
一艘渡轮与不平等

他的舌头，在女性中间很婉转
却一辈子都在受苦

他也可以不是他。在他知道他不是他
的时候，把诗还给了声音

一盏汽灯，在宿营地亮着，背风处
散乱着草木灰。失败的避孕药

被蝮蛇和海王星看管。他睡在
装满稻糠的枕头上
听到铁路和热情的叮当声

宗教的、饮酒的、爱情的、舞蹈的、发癫的
也是他的呜咽。为银色眼圈痉挛
在泽鹬的外部探望外部
他望见雪下在小宇宙的零度上

竖起指头，在路边拦一辆车
哦，他忘了，那是在明尼阿波利斯的冬季
野鸭子们数着野鸭子的节日，葡萄园
和一些乖张，为他送来一个海平面

一直都是，他潜伏于一把吉他、口琴
像预言那样恍惚。他不是可见的
也不是消失的，乱忙活时，老父亲，还有
老母亲的小镇，雨夹雪
敲击着屋顶正冒烟的烟囱

九

一位山水诗人，在很小的时候，死了一回

年老，又死一次。经过月光
的考古挖掘，发现他们埋在同一地点

十

你们就是你们。不要冒充我们

诡谲也是你们

                    一切，所有
          嘴唇上浸雪的痕迹
                    连子树
            气味的光芒
          死去的，活过来的
          都要镌刻在公正的纪念上
            有罪的、被审判的
      会化成另一种毫无动静的人类的障碍
      没有能剩下的，更没有属于时间的

十一

他们拉着手，牵的却是手形

不管走近了，还是走远了，都是

两个人。他没有远近,他还在
原来的旧址。要这样,还要
有那样。他走近了,她走远了

看见酒,他的腿就软了,喝过
枫林酒,碰见种水飞蓟的人
采收完暗绿,脚边的蛋还不是杜鹃
                    飞行时
这椭圆物就变成了鸟类

在水牛搅浑的稻田边,他知道
她还在自己的肺腑中。是,不说了
但他要说:天际线隐约的空旷
像鲣鸟那样轻盈,小蛮腰
都想逃出命运,但在高耸的货仓里
再也瞅不到蚕丝国黄金的黎明

抱着沉醉的经历,他摩挲她
的后背,给紫藤、石膏漩涡裹住的衣服
留下寥廓。张开嘴,吸热听见的海
舔一下浪尖上的盐,确认
家里的海水已漫过门框,流入

另一片被苇席卷起来的海

任何压迫也别想让他抬不起头来

管不住自己的时候,那就不管

屈服,还是反对,在于怎样做选择

一辈子被毁了。毁了,就让它毁了吧

从没有摇曳过落雪的露台,他也用不上它

走过门神和庙会,早看清了来途的凋敝

十二

措辞对质了河流的浅蓝,在他和关雎鸟

交谈之间,就差一碗面

想想就对了,桂花蝉

也是水老虎。确定野鸽子可以飞到的边界

没了那帮躲着开会的人,耽不耽误

去修穿坏了的鞋? 手指并拢,又松开

所有非暴力的动作都那么让人揪心

有了新的问候语,还有老杜的喜悦

瞄清了什么,还有什么看不到

有了因为的劫难,才有了所以
的祸殃。"这是我的证件。有没有人
这样给你们捎话,我和你们
不一样,也没有任何相像的所在。"这样讲
他还是菜青虫内在的他者

咽喉痛,带来一阵欢愉

坏年代的小目标,是蹿跃,还是滚动

知道会有雷劈,他们
只是盼着雷打偏了。
这些人面偶的构成是什么?
像什么? 谁是他们的拥戴者、支持者

嗅着半岛的火药味,看来,快到时候了

十三
手炉、熏球、香囊的跳动,总是有乡村的轮廓

脚脖子还是那么黝黑，担水时又崴了一下。老树砧板给他一块青伤，靠背椅又给了他一大哄

好像是哪里都空了，门前做窝的燕子，带着金属的光泽，用乡愁画出彩虹

蒜臼子蜷伏在旧习俗的闪烁中。做包工头的是货郎担子的后代，过元宵节了，讨不回欠款，这个无路可走的人已在城里的新房里自杀

要想听姥娘织布机的调子，就要吃几个黏豆包

下着小雨，翻弄着鸡笼、算盘、马灯、风箱，他手上翻出漆黑的凉意。一段柳枝上的切口，有汁液冒出。夜游神踢了踢猪食槽子，拿铜舀子舀水，泼洒到青砖地上。在水井旁，手推车、耙头斜靠着墙，一道透过老榆树的暗光照着他的半边脸，对什么眨动发涩的眼睛，都只能再回到眼睛里。一年又一年，驴子、骡子都要拉到坡地上遛遛。干燥的热风吹黄麦梢，拉着石磙碾压过打麦场。小土狗吠叫着，向他咬了过来

这是多早的事了？庄生撞到树上，牙掉了半颗。庄生的内人死了，惠子前往他家吊唁，庄生分开双腿像簸箕一样坐着，一边敲打着瓦缶一边疯唱。在一件件办好办砸了的红白事中，没了布袋子，没了长衫、盘扣。乡绅全都逝去，他们的灵魂也要在农耕里夹菜、喝酒。这酒，上口的时候有点发甜，醉了后，他们的子孙就要狠狠地哭上一场

十四

小矮子：告诉你，其实我不是矮子，我会矮子功。我的身子藏在比邻星下，才看得更低更远

梦游人：见你穷游时，都是醉醺醺的。喂，你知不知道，紧着忙活，你招待的那个手托鹦鹉的女人，可是个坏娘们

小矮子：你以为你是谁？我的事不要你瞎掺和。你懂啥？我用美人鱼的魂灵招待她，是因为我有我的德行和想法

梦游人：真是不识好歹。你知道啥是白手套吗？脑袋是一盆糨糊，你就躲到一边去

小矮子：管他呢。该坏掉的早就那样了。哪有你操的闲心。白手套，啥是白手套？我记得她戴的是绣着花的黄手套

梦游人：没心没肺也好，省得惹上麻烦。仙人都光着脚，没了仙气。雪下在海上，海水一摇，就融化了。白手套就是海水一样的操盘手，个头比你可大多了，她的眼珠上镶嵌着宇宙的真理，吞噬海上的离岛能吐出旋齿鲨

小矮子：这么邪乎呀

梦游人：确实这样，吓着你没有

小矮子：不关我的事，我有什么好怕的。就是她的主子害再多的人，也碍不着我啥。再说了，她害不着我的亲人，我的孩子们早就移民到其他星球上啦。那里可是比天堂还好啊

梦游人：那你接着穷游吧。白手套给你使绊子时，别说我明知了也不给你个信儿。咱俩也算是世交了，起匪那年，你爷和我爷是老伙计，你二

嫂和我家也有亲戚关系

　　小矮子：你见过黑洞吗？和官僚的道德经做爱的黑洞

　　梦游人：他们都在酒店嘿咻，我去哪儿见

　　小矮子：唉呀，这事差点忘了，上次我骑着柠檬鲨跑到了比我的帽子还让人开心的新大陆，那里的小丑们都是英雄，还不用戴上花里胡哨主义的面具。要不，你跟我往那儿逃吧

　　梦游人：你没瞅见我在给迷迭香弹琴？我们用不着一起在海里骑行，你走吧，萝卜和白菜丢了户籍，在风中停止了旋转和迁徙。能跑多远就跑多远吧，反正你还会回来找我

　　十五
　　赁了房子，他只住在自己的视线里

　　在不见光亮处，他举着拨浪鼓
　　不停地摇动，回转身

抓住从屋梁上掉下的青衣鱼

捕获致幻的水面，要有和抛物线
相抗衡的仰角。在养殖场吸进
冰冷的空气，移开一切的谵妄
损害才能在回荡中消隐

他扬起的手臂，是他的水乡
慢慢涌起的波浪

腊梅在坟地里开了，亡命的黄鼠狼
总不晚于一代人的倒掉。把迟缓
咽到喉咙里，正面的头颅
像虚空那样落下，他在
日常的晴天中，收拢黯然的所有

决定了，弃绝了，就不再反悔了
感受到他所不能的：奶牛
在空中飞离紫花苜蓿，其他生灵
用疯狂逼退痴愚与土里土气的戏要
决然了，决绝了，就不回头了

在夜与昼的中央，裸身
的事实，收集了当局腐朽的摇晃
必须弄得懂的，都已明白了
冷得忘记了快活，热得失去了发抖

那里还在那里。那里有草沫子、播种期
打酱油的，吃瓜的，搬着小板凳
围观白盖住了黑。那里的人
是谎言的灾民，嘴和耳朵都是多余的

诗是隐者的节律。他懂得，除了
安宁，还要让节律在瞬时
生成热烈的肉体，让它在晨光中
或午后，打起马的响鼻

尾声
兜里的钥匙动了一下，诗的光亮
跑到了鬼城的外面

就是这样。这样就行了

他挂念的她受伤的子宫，在孕育

合欢树的恼怒,和一把曾用在西班牙
的左轮手枪

悲痛不在星空,它远在东亚的琴弦里

等着一个在内陆死去又活过来
的尾声,闪避被讽刺的宿命
他的住址成了小老鼠视觉的悲剧

在颖河酒馆,在煮豆腐的热气中,他闻到
黄豆仓储的香味

钱塘湖边,暖风吹动脖子时
他遇见了软风

这不是打颤,是撬开、松动
还是与过去的和解

他再不为畏怯所愁,一切
都断定了,捆扎或截断狡黠
就成了他新的身份

忍受就是给予。他拿向木窗涌来
的麦子交换南方批评,囹圄的世界
不是世界的囹圄。不想被
拉水绳的趣味消磨,又不能
自杀,一个用意识喂养罪过的人
不在酒中睡去还干什么

他要做钟声和粪堆的清晨,从肩胛骨
放出喜鹊和鸢喜鹊。灯架上
的阴影终于浮现,在下雪的早春
又看见了雪,雪人,雪对雪最后的放弃